När kärleksörten blommar på hösten

När kärleksörten blommar på hösten
© 2023 Carina Blid
Förlag: BoD – Books on Demand, Stockholm, Sverige
Tryck: BoD – Books on Demand, Norderstedt, Tyskland
ISBN: 978-91-8057-587-4

NÄR
KÄRLEKSÖRTEN
BLOMMAR PÅ HÖSTEN

Carina Blid

KAPITEL 1

Det var en dyster början av julafton, gråsvarta tunga moln på himlen förmörkade den tidiga dagen. Gunnar stod vid köksfönstret och tittade ut över gatan, denna stilla förmiddag, utan att se skymten av någon människa. Ensamheten, tänkte han, var som en molande värk i kroppen som förvärrades med det dåliga vädret. Han kunde inte släppa tanken, *det borde ha varit jag ... och inte hon.* När klockan blev elva tilltog blåsten och efter en stund kom regnet. Gunnar hörde det ökande droppandet från balkongen där han var i sovrummet, balkongdörren stod lite på glänt. I ena handen höll han slipsen, i andra handen tröjan som han mest använde på kalas. Han vek ihop tröjan omsorgsfullt och lade den försiktigt ovanpå väskan som innehöll julklapparna. Med slipsen i ena handen och väskan i andra gick han till spegeln i hallen. Väskan ställde han vid dörren och vände sig mot spegeln. Med vana händer knöt han slipsen. Egentligen behövde han ingen spegel för att knyta slipsen, vid sextionio års ålder kunde han göra det utan att titta, hade kunnat göra det i sömnen.

Han granskade sig noggrant för att se om klädseln var korrekt, osäker på om färgerna på skjortan och slipsen passade ihop. Förra julen hade hans hustru hjälpt honom med vilken skjorta han skulle ta, vilka byxor och vilken slips som passade till. Idag skulle barnen inte behöva se på klädseln att han var utan sin hustrus hjälp. Han ville inte höra dottern Lena och hennes tröttsamma kommentarer och förslag, i och för sig i all välmening. Han ville inte se sonen Johans blanka ögon som avslöjade att han såg sin pappas ensamhet och led med honom.

5

Ann-Margret hade hastigt gått bort för ett drygt halvår sedan. Efteråt visade det sig att hon hade fått en stroke under natten. Vem hade kunnat ana att trötthet en hon hade haft veckorna innan var en signal om infarkt. Månaderna efter hade han varit som i en dimma, chockad och ledsen. Med en sorg som kändes djupt inne i bröstet och som gjorde det tungt att stiga upp på morgnarna. Det blev att han ofta låg kvar en lång stund och tittade i taket, såg varje fin liten spricka, flugfläcken som han inte tog bort och nyanserna i den åldrade vita takmålningen. Oförmögen att resa sig upp ur sängen för de tunga tankarna. Det var han som borde ha dött först!

De hade varit gifta i fyrtionio år och hade det bra tillsammans. Såklart att de hade trätoämnen, de hade väl alla, men inget allvarligt. Att hon skulle dö före honom hade varit otänkbart, även att han skulle sluta sina dagar som ensam, ensam i en lägenhet, som i en bur där han trampade runt. De hade skojat, halvt om halvt på allvar, om att hon skulle klara sig bättre som ensam. Hon med sitt större umgänge och som trivdes mer med ensamheten än vad han gjorde. Hon stod för planeringen av maten och vanligtvis tillagningen, visst klarade han det vardagliga men de hade olika roller. Allt sammantaget ledde till frågan, varför blev det så orättvist att han skulle få leva sina dagar ensam. Han och Ann-Margret hade noterat när de läste dödsannonserna, att det inte var helt ovanligt att de gifta hade dött strax efter varandra. Var det inte dags för honom snart?

Gunnar satte fast slipsnålen och kom att tänka på att förra julen hade allt magen putat ut. Nu var han slank, kanske mager, men vad gjorde det? Han hade ingen större matlust när inte hustrun fanns på motsatta sidan av bordet. Laga mat varje dag var inget han gjorde, nog kunde han, men det var inte roligt. Han saknade sin hustrus goda middagar med de mustiga grytorna, välkryddade stekarna, goda såserna och de läckra efterrätterna. Märkligt att han aldrig blev fet då?

Han fortsatte, trots att han levde ensam, att följa sin hustrus rutiner vad gällde städning, hur ofta och på vilket sätt som städningen skulle utföras. Det var som om hon satt på hans axel när han städade. Han dammade på det sättet som hon hade sagt att man skulle göra. När han rengjorde toaletten blev det exakt samma procedur. De behövde aldrig bråka om hushållssysslorna, han var följsam, också för att han insåg att hon hade kunskapen, vilket han inte hade. Han tyckte själv att han var ordentlig och ordningsam. Hemmet såg rent och välstädat ut, precis som innan hon dog.

Han satte på sig glasögonen och böjde sig närmare spegeln. Håret var grått och hade klippts kort vid besöket hos frisören i veckan. Som ung hade håret varit svart och glänsande, nu såg det torrt ut. Ögonbrynen var numera buskiga och verkade växa vilt. Emellanåt fick han själv eller frisören ansa dem liksom att ta bort hår i öronen. Som ung hade han varit reslig, och hustrun hade många gånger gjort honom stolt med att säga att han var vacker som Sean Connery med sina bruna ögon, sitt leende och de breda axlarna.

Morgonens förberedelser hade bestått av rakning och därefter, eftersom det var julafton, några droppar rakvatten som han hade klappat in på kinderna. Stolt tittade han sig i spegeln, insåg att han inte såg helt oäven ut. Barnen skulle bli stolta, Lena skulle nog inte ha någon kommentar och Johan skulle inte behöva kasta sorgsna blickar på honom. Han var klar och gick tillbaka till sovrummet, stängde balkongdörren och slängde en blick över stan från sin lägenhet på tredje våningen på Guldheden. Bara hus så långt han kunde se, men också en bit av älven.

De hade bott i Långedrag till för tre år sedan, i nästan fyrtio år. Vid pensioneringen sålde de huset med stor vinst och köpte bostadsrätten på Guldheden med utsikt över halva stan. Då kändes det rätt, att förbereda sig för en tillvaro där gräsklippning inte skulle behövas och inte heller skötsel av den stora trädgården med alla rabatter. De ville slippa trapporna i det gamla huset, med dess tre våningar. De oanvända rummen kändes onödiga när de bara var två.

Idag ångrade sig Gunnar, han saknade havet, den saltmättade doften och de solvarma klipporna. Han kunde inte längre enkelt ta sig till havet och till öarna i södra skärgården. Grönskan som han var van vid, i trädgården och i omgivningen runt huset i Långedrag, fanns inte där han bodde nu. Han saknade garaget med alla verktyg där han kunde laga det mesta. Han saknade sina grannar som han inte längre träffade. Nu fanns bara minnena kvar om somrarna med grillfester och kräftskivor och vintrarna med glöggträffar och nyårsfester. Grannarna i huset hälsade han flyktigt på de få gånger han såg dem, kände dem inte. Kanske hade han och Ann-Margret kunnat skaffa hjälp för trädgården och städhjälp som många hade nuförtiden, hade hon gått med på det?

Han lyfte ut de svarta glänsande finskorna från garderoben i hallen, lade dem i en plastpåse och därefter i en väska bredvid julklappsväskan. Han funderade, flyttade därefter fintröjan som låg på julklappsväskan till väskan med skorna. Han tog på sig rocken som sällan användes mer än när han skulle gå på kalas. De nyputsade kängorna stod klara på skohyllan, det sista var att svepa halsduken runt halsen och med kepsen på huvudet gick han ut med väskorna i varsin hand. I hissen ner kom han på att han hade glömt paraplyet, men det var bara en kort promenad till parkeringsplatsen. Lite regn gjorde inget, däremot störde honom den molande obehagskänslan av hur dagen skulle bli, när de skulle träffas alla.

KAPITEL 2

Skogsstigen som Marita följde vindlade sig fram, upp- och nerför backar, hennes ökade andetag fylldes av den fuktiga, djupa skogsdoften. De omgivande kala vinterträden, de nakna buskarna och de spretiga risen skulle om bara några månader väckas från sin vintervila av solljusets ökade intensitet och temperaturen som följde på det. Men än så länge stod träden som i stel givakt och väntade på signalen – den kommande våren. Marita tog av sig mössan framför spegeln i radhusets hall och betraktade nöjd sina röda, blossande kinder. Nöjd även med att hon vid sextiosex års ålder hade god hälsa och kondition, bättre än många av sina jämnåriga. Andfådd efter den raska promenaden, men den visade på att hon hade tagit i som hon brukade. I början hade hon känt sig kall, men efter bara en kvart i hög promenadtakt strålade värmen ut i hela kroppen.

För drygt ett år sedan blev hon pensionär och bestämde sig för att varje dag ta en timmes rask promenad. I början var det inte alltid roligt, särskilt inte när regnet och blåsten avskräckte, men nu fanns vanan där. Hon gav sig bara ut, utan att tänka på det, som ett arbete som måste skötas. Den främsta anledningen var att bibehålla en god hälsa. Tidigare, som lärare, hade hon rört sig en hel del, det var mest i lärarrummet som hon kunde sitta ner i lugn och ro. Hon skulle säkert hålla sig frisk och sund många år framöver.

Förutom promenaderna fanns gymträningen, två gånger i veckan. Hon var strukturerad, kanske en rest från yrkeslivet som lärare på högstadiet, där hon hade ämnena svenska och tyska. Hon var alltid en av de mest planerande lärarna, förberedde varje lektion noggrant och förnyade sig efterhand.

Hon tränade alltid på förmiddagen för att slippa de unga människorna med sina vackra, vältränade kroppar och de rätta kläderna. De körde extremt tungt, stönade högt och var störande. De unga kom på morgonen innan nio och på eftermiddagarna efter fyra. På förmiddagen, när hon tränade, var det flera som henne, äldre i t-shirt och träningsbyxa, som tränade lugnt och målmedvetet. Några kvinnor och män kände hon igen vid det här laget. De pratade sparsamt med varandra när de bytte mellan stationerna, hjälpte varandra att lägga på vikter, men utan att komma ifrån det viktiga, träningen.

Ur lådan i byrån tog hon fram hårborsten, av mössan hade håret blivit tillplattat. Hon borstade med rejäla tag. Håret, brunt med grå inslag, nådde till halsen. Efter borstningen låg lockarna åter mjukt och fint runt hennes smala ansikte. När hon var ung ogillade hon fräknarna, men nu gjorde de att hon såg yngre och pigg ut. Någon makeup till vardags behövde hon inte, var särskilt nöjd med ögonen som var mandelformade och klarblå. Det enda som behövde bättras på var ögonbrynen som knappt syntes längre när hon blev äldre, de målade hon svagt bruna.

Nu fick det bli en god kopp kaffe och ostsmörgås efter den rejäla promenaden och kanske en kaka. För det mesta lyckades hon hoppa över kakan, det fick räcka med de bakverk som hon och väninnorna njöt av när de träffades.

Hon gick till köket och kände kylan i radhuset. Det tog alltid en viss tid efter det att vädret hade ändrat sig till dess att luftvärmepumpen ställde in sig rätt. Omställningstiden verkade dessutom bli längre med tiden. Kanske var pannan på väg mot sitt slut med sina tjugofem år? Den var svår att ställa in, inte användarvänlig, men i övrigt klarade hon sig själv ganska bra i radhuset. Var det något större som behövde göras, köpte hon tjänsten. Enklare saker att fixa kunde hennes två pojkar hjälpa henne med. Bosse, den yngre av sönerna, var elektriker och bodde utanför Göteborg, i Lerum, i ett gammalt hus med en del renoveringsbehov. Där bodde han med sin Marie och deras två barn. Marie var trevlig, inte tu tal om annat, men hennes pratsamhet var störande, hon kunde inte hålla tyst någon längre stund. Var det för att hon stod ensam vid fyllningsstationen hos livsmedelstillverkaren hela dagarna? Bosse verkade inte bry sig utan pratade på, oavsett om Marie försökte avbryta honom eller inte.

Den äldre sonen Håkan bodde i en tvårumslägenhet nära Frölunda torg, inte så långt från hennes radhus i Askim. Han kunde snabbt komma när det var något problem. Inte lika praktisk som sin lillebror, men ändå med envishet kunde han komma på hur problemen skulle lösas.

Håkan arbetade på universitetet, på institutionen för biokemi, och där hade han varit sedan han slutade studierna i biokemi som tjugosexåring. Först doktorerade han och fick därefter en tjänst som forskare. Han trivdes nog, det lät inte annat än så, men varför den äldre sonen aldrig hade hittat någon partner förstod hon inte. Det var nog hennes enda sorg för tillfället, oron för att sonen levde ensam eller kände sig ensam. Han hade en kompis sedan gymnasietiden och bra kollegor på arbetet, det visste hon, men ändå. Kanske räckte katten Nelly, en kelig liten hona som sällskap. Nelly hade han fått ta hand om när en kollega flyttade tillbaka till England.

Pannan fick vara ett tag. Hon satte på sig en kofta i stället, förberedde kaffet och bredde smörgåsen. Tidningen låg sedan morgonen uppslagen på köksbordet, färdig att ta sig an där hon hade slutat senast. Samma rutiner varje dag, på ett sätt tråkigt, men på ett annat sätt tryggt.

För tre år sedan levde hon med Lars. De hade det bra – hade hon trott – de bråkade sällan i alla fall. De gjorde intressanta temaresor för upplevelse men också sol- och badresor. Att sexlivet inte var som när de var unga, det var väl inte så konstigt? De hade varit tillsammans sedan de var tjugofem år och behovet fanns inte längre lika starkt, i alla fall inte hos henne. Hon trodde att Lars var nöjd som det var, men tydligen hade hon helt fel. Bomben släppte han för tre år sedan, ville skiljas, hade träffat en ny kvinna. Det gjorde riktigt ont, som om något borrade sig in i hennes kropp men aldrig kom ut. Kvinnan var tretton år yngre och det fick henne att känna sig gammal och värdelös, som en utbytbar möbel med för många rispor och skavanker. Det var inte så här hon hade trott att livet skulle bli och inte att hon skulle bli ensam som pensionär. Det tog tid att komma över den bittra känslan. Fanns det hat också? Kanske första tiden, när det var en storm av negativa känslor – för det han hade gjort med deras gemensamma liv som ändå hade fungerat bra. Pojkarna var rasande först, men accepterade efter ett tag läget. För henne tog det några år innan hon landade i det nya och bitterheten försvann.

Hon insåg efterhand att äktenskapet hade haft sina brister. Deras gemensamma liv hade varit som ett familjeföretag, där ekonomin skulle skötas, huset underhållas, matinköp ordnas. Inte som en kärleksrelation, där de visade varandra ömhetsbetygelser. Men blir det inte så efter ett långt äktenskap? När hade de slutat att kramas? När försvann vanan med en gemensam frukost? När hade de slutat att somna tillsammans på kvällen? Lars satt uppe sent och såg filmer och hon lade sig tidigt och läste romaner. Helt krasst skilde sig hennes nuvarande liv inte mot det tidigare livet med Lars. Hon var ju ensam då också, men hade inte tänkt på det så.

På tredje året efter skilsmässan insåg hon att tillvaron var ganska bra, hon bestämde själv över sin tid, vad hon ville se på tv, slapp all sport som var högsta prioritet tidigare. Hon blev inte väckt när maken kom in mitt i natten efter en film. Hon åt den nyttiga maten och den maten hon gillade mest. Slapp lukten av cigaretter (han rökte en cigarett varje dag) och slapp se hans otvättade kalsonger ligga på golvet i sovrummet. Slapp höra hans ljudliga snarkningar efter intag av för många öl. Slapp tjata om att det var dags för veckostädningen som han ogillade, trots att de hade haft samma rutin under alla år.

Det som var störande var ensamhetskänslan, som kom över henne, som ett grått moln som svepte in och förmörkade himlen. Hon försökte övertyga sig om att hon hade vänner, var inte ensam, när de dystra tankarna kom. Damträffarna hos varandra med god mat och vin och tradition som de hade haft i många år, att varannan månad prova en intressant restaurang, där de kunde njuta av kulinariska läckerheter. Så visst hade hon det bra. Men saknade att ha någon att kunna resa med. Sylvia, den närmaste vännen, som också levde ensam, var inte intresserad. Det var mer än tre år sedan som hon hade rest, det var trist. Skulle hon annonsera efter en resevänninna? Hur skulle man veta om människan man skulle dela rum med var ungefär lika ordningsam och inte snarkade? Och inte lurades om pengarna. Kanske var hon feg, bekväm och föredrog tryggheten. Men det skavde i henne, hon var inte övertygad om att hon levde det livet hon ville. Och inte visste hon vad det var som saknades.

KAPITEL 3

Det räckte att blunda och ta ett djupt andetag för att veta att det var julafton, Gunnar smålog. Doften av glögg, med de aromatiska kryddorna, kanel och kryddnejlikor, blandat med den feta, tunga doft av ugnstekt julskinka. Från granen kom den täta barrdoften stötvis, det var som om granen släppte sina dofter sporadiskt. Jultomtar, julnissar och julgrisar i mängder fanns utplacerade i det stora vardagsrummet, på soffbordet, på skänken och i bokhyllan. Överallt lyste röda och gröna färger. Runt det stora matsalsbordet i mörk ek, för dagen med en röd linneduk, hade Gunnar sina närmaste, de två vuxna barnen med sina familjer.

Julafton skulle firas hos dottern med man och två barn i den stora flotta villan i Långedrag, inte långt från där han och hustrun hade bott i sitt gamla hus från 1930-talet. Dottern Lena var fyrtiotre år och läkare precis som sin make Hans. Sonen Johan, trettionio år, hade också kommit med sin Sanna och de två barnen. Johan var ekonom, fast man skulle säga controller, rättade Johan honom jämt på ett tålmodigt sätt.

De fyra barnbarnen satt med runt bordet. Gunnar älskade sina barnbarn, till och med nästan mer än sina egna barn, det kändes så, erkände han för sig själv. Efter det att hustrun hade gått bort var barnbarnen ännu viktigare. Han tyckte om närheten till dem. Att se hur glädjen lyste i deras ansikten när han kom på besök. De drog i hans hand för det fanns alltid något att visa. Han njöt av diskussionerna med de stora töserna, barnen till Lena och Hans, Sara som var tolv år och Emma tio år, så kloka. Han lekte gärna med de små barnen, Gustav som var tre år och Linnea som var fem år. Han satt med de små i knät och läste saga, njöt av deras söta barndofter och kände värmen från de små mjuka kropparna som fick honom att tina upp. Med barnbarnen fick han den enda spontana kroppskontakten numera. Hans egna barn gav honom en snabb kram när han kom och gick. Barnbarnen kunde han krama ofta och han visste att de älskade honom. Deras ögon som lyste av kärlek och glädje när han var med dem. I sitt numera ensamma liv saknade han den dagliga närheten till hustrun och tryggheten som hon hade gett honom. Det som var självklart och bara fanns, var borta för alltid.

"Men pappa, du har gått ner ännu mer!" utbrast Lena med en bekymrad rynka i den höga pannan.

"Ja, något kanske, men det är ingen fara", svarade Gunnar torrt och skruvade besvärat på sig på stolen.

Han vägde senast sjuttiosju kilo, vilket var för lite till längden etthundraåttiofyra centimeter. Tidigare, när hustrun levde, vägde han runt åttiofem kilo. Han ogillade att Lena skulle kommentera hans kropp mitt under middagen, när alla kunde titta på honom. Lena granskade och kommenterade hans kropp titt som tätt, vilket var tröttande, på gränsen till förnedrande. Han ville säga till henne att hon inte var hans läkare, men avstod, det var julafton och kunde verka onödigt hårt. Hans, hennes man, sa däremot aldrig något, utan lät honom vara. Om det var för att han inte höll med eller inte brydde sig var oklart. De andra slutade att äta och tittade nyfiket på honom. Lena fortsatte med uppfordrande röst.

"Hur mycket har du gått ner? Pappa, säg ärligt nu."

Gunnar tittade bort, följde slingorna av brunt i den vita tapeten, visste att om hustrun varit med hade hon sagt till Lena att låta honom vara. Varför hade han så svårt med Lenas kvävande frågor. Han ville säga lugnt att det skulle hon inte bry sig om, att det var inget han ville prata om i andras närvaro.

"Jag vet inte, jag väger mig inte", svarade han torrt och tittade ner i tallriken och fortsatte att äta, ville verka oberörd.

Sanna, Johans fru, lade ner besticken och tittade på Lena.

"Det är väl inte konstigt om Gunnar har gått ner, efter det som hänt. Så farligt är det inte, det ordnar sig säkert", sa Sanna trosvisst. Gunnar suckade inom sig. Nu var det i gång igen. De två antagonisterna, Lena och Sanna, Lena som alltid visste rätt och Sanna som måste säga emot eller som också hade sin uppfattning klar. Och männen var tysta, lät fruarna hålla på. Lena brydde sig inte denna gång om att kontra med en uppfattning till Sanna, kanske tänkte hon på julfriden. Lena bytte blick tillbaka från Sanna till Gunnar.

"Du måste äta ordentligt, pappa, fortsätter du så här försvinner du innan sommaren. När man blir äldre tar kroppen inte upp lika mycket näring som när man är ung. Dessutom behöver äldre ha lite hull, tänk om du blir sjuk, då har du inget att ta av!"

Gunnar hummade lågmält, tittade ner i tallriken och spetsade en skinkbit på gaffeln och tryckte den i senapen, innan skinkan kom i munnen. Alla väntade på hans svar.

"Ja, ja, det är ingen fara med mig. Hur går det med gymnastiken, är det någon tävling på gång?"

Det var ett bra sätt att byta samtalsämne, bort från hans kropp. Lena och Hans var stolta föräldrar till sina flickor och deras fritidsintresse. Båda flickorna höll på med truppgymnastik och deras lag var framgångsrikt, kom ofta på medaljplats.

"Det ska vara en tävling i mars ... i Halmstad, vill du följa med?" frågade Lena.

"Ja gärna", svarade Gunnar glatt.

"Roligt pappa, jag återkommer när jag vet mer och när det blir."

Hans tid var oändlig nuförtiden, som pensionär och som ensamstående.

Sanna snörpte på munnen. Johan lade sin hand i smyg på hennes ben under bordet och smekte. Gunnar som satt bredvid Sanna förstod att Johan ville lugna. Av någon outgrundlig anledning ogillade Sanna fokuseringen som det blev på Lenas och Hans barn. Inte så märkligt, flickorna var äldre, hade aktiviteter som de stolta föräldrarna inte kunde låta bli att berätta utförligt om och kanske för ofta. Det blev inte bättre av att båda flickorna hade lätt för sig i skolan. Sanna och

Johans barn var små, hade inte börjat med skola och aktiviteter och det fanns inte lika mycket att berätta om. Återigen kom frågan till honom, om vad som utlöste spänningen mellan paren. Inte mindes han att han och hustrun tidigare hade diskuterat det som hände framför allt mellan kvinnorna. Hade det börjat mer uttalat, efter det att hans hustru hade gått bort? Det var inte bra om de höll på med någon slags tävlan mellan sig, funderade Gunnar, medan han stolt betraktade sina barnbarn, som satt stilla, nyfikna och lyssnade på de vuxnas livliga diskussioner runt bordet. Till och med den yngste, treåringen Gustav, satt stilla, men han var en ganska lugn pojke. Med fingret i munnen tittade han storögt på de större kusinerna och när de var tysta var han tyst.

"Varsågoda att hämta mer. Det är meningen att vi ska ta flera gånger", sa Lena uppfordrande, men lät ett leende antyda att det inte var så allvarligt menat som det lät. Hon reste sig för att förtydliga att åtminstone hon följde det hon sa.

Deras flickor sa direkt att de var mätta och gick i väg, följt av de två mindre kusinerna som härmade att de också var mätta. Sanna såg med lång blick på sina två barn som gärna hängde i hasorna på de större kusinerna. De stora flickorna älskade småkusinerna och hade inget emot att vara med dem, gulla med dem, leka och sjunga för dem som små mammor. Gunnar tyckte att det var rörande och undrade hur det hade varit om de äldre kusinerna hade varit pojkar?

"Kom med pappa, ta mer!" fortsatte Lena och gick fram till Gunnar som för att hämta honom.

"Tack, jag måste nog vänta lite – strax – jag får inte plats med all mat", skyndade sig Gunnar att svara och klappade sig på den slanka magen.

Lena försvann i väg till köket åtföljd av Hans. Sanna och Johan tittade på varandra som om de övervägde gemensamt om de orkade mer mat, reste sig sakta och gick mot köket. Gunnar satt ensam kvar, han hade gärna följt med barnbarnen, men tänkte att de andra kanske tyckte att han var tråkig som försvann. Han fick nog avvakta med det en stund.

Han tittade sig runt, hade aldrig förstått deras val av hus. Det var stort, två våningar och totalt på tvåhundrafemtio kvadratmeter. På tomten fanns ett dubbelgarage och stort förråd samt en gäststuga. De hann inte med att städa huset själva, utan hade städhjälp och trädgårdshjälp.

Gunnar tyckte att huset var fult, det var som en fyrkantig koloss med de brunmålade fasaderna. Den sidan som vette mot havet bestod huvudsakligen av fönster som inne täcktes av vita gardiner, från golv till tak. Varför ha så många fönster om de ändå skulle täckas, tänkte Gunnar, men sa inget då när de byggde och inte senare heller. Däremot hade hustrun sagt när de valde hus, högt och tydligt vad hon tyckte, vilket var samma som Gunnar tyckte, men Lena brydde sig inte. Det var modernt, flott och så skulle de bo.

Lena och hustrun var starka kvinnor med bestämda uppfattningar och som sa vad de tyckte. De tålde varandras sanningar medan Gunnar i stället alltid tänkte sig för, ville inte riskera att såra någon.

Kontrasten till hur Johan och Sanna bodde var stor, ett litet radhus i Torslanda. Det såg ut som tusentals andra i radhusområdet, men de trivdes bra. De vuxna kom tillbaka, efter att ha fyllt på med mer julmat och ytterligare julöl och snapsar.

"Så mycket gott ni har ordnat", sa Sanna, "svårt att stå emot att äta."

Det var bra, tänkte Gunnar, att Sanna försökte vara positiv till det som Lena och Hans hade ordnat.

"Jag får väl erkänna", sa Lena och tittade snabbt på Hans innan hon fortsatte. "Vi har beställt en hel del av julmaten genom restaurang Sjömagasinet – de är duktiga på fisk och skaldjur, en av de bästa restaurangerna i Göteborg."

Lena tystnade kort, men fortsatte hurtfriskt med "endast det bästa är gott nog".

Sanna och Johan slängde snabba flackande blickar på varandra. Johan bekräftade kort, att visst – allt var gott. Gunnar förstod direkt vad de tänkte, att det var lätt för Lena och Hans med sina löner att kosta på sig exklusiv mat. Lenas kinder var röda, var det av värmen i rummet, av snapsarna eller spänningen av det som inte sas? Själv var han nykter, han skulle ju köra bil hem. Hans frågade om någon mer ville ha snaps och Johan bekräftade med en nick. Lena fortsatte glatt: "Vi funderar på att sätta Sara i Samskolan när hon ska börja i högstadiet. Det skulle kännas betydligt bättre, kompetenta lärare och tryggare miljö."

Hans nickade och sa: "Det var inte vi som kom på det. En av Saras kompisar ska börja där. Vi känner föräldrarna och vi tänkte till. Sara ville också testa. Så får vi se om det är något för lillasyster om några år."

"Menar du att det är något fel på den kommunala skolan hon går i?" sa Sanna syrligt. "Du vet väl att privatskolor *väljer* ut sina elever. De svagare eleverna, som behöver stöd, får gå i de kommunala skolorna. Därför blir det pengar över som tas ut som vinst till riskkapitalisterna. Så är det!" sa Sanna hårt. Johan nickade bekräftande.

"Men om den kommunala skolan inte fungerar tillräckligt bra, då vill jag som en *omtänksam* förälder att mitt barn ska gå i den bästa skolan i stället för att *vissa principer* ska gå före mitt eget barn", sa Lena skarpt.

Då var det i gång igen, tänkte Gunnar och slog dövörat till när diskussionen gick över till politik och samhällsfrågor. Det fanns knappt någon fråga som det rådde konsensus om. Gunnar kände sig matt av det som hände mellan Lena och Sanna, det blev en mental påfrestning, var det bara han som kände det så?

Efter julklappsutdelningen och risgrynsgröten tog de vuxna kaffe och barnen ville till gillestugan. De två äldsta flickorna tog Gunnar i varsin hand och bad honom följa med dem ner, de yngre barnen sprang glatt före. Det var skönt att komma från de vuxna och få umgås själv med barnbarnen. Kring bordet blev barnen tillsagda av de vuxna att vara tysta om de stojade för mycket, det gick närapå för långt. De var ju barn och julen var barnens högtid, så hårda hade Gunnar och hans fru aldrig varit. Sara tog fram Tjuv och polis, en tradition att spela på julafton. Gustav fick spela tillsammans med farfar.

På kvällen när Gunnar kom hem till sig fanns återigen tystnaden kring honom. Han var trött, kroppen kändes tung och bedövad. Alla ljud under dagen, stojandet från barnen, visserligen trevligt men framför allt de vuxnas debatterande och den spända stämningen som uppkom emellanåt var påfrestande. Han kände sig utanför i deras samtal, var inte längre lika snabb i tanken och hade inte samma intresse att diskutera eller säga emot. Han satt hellre tyst och begrundade vad de sa. Hade inte detta med diskussionerna tilltagit sedan Ann-Margret gick bort? Hur kom det sig, var det för hustruns sätt att ofta föra ordet?

Nu verkade det som att Lena, som storasyster, hade tagit över kommandot. När hustrun levde var det mer rofullt vid släktmiddagarna, hennes omsorg om familjen var tydlig och viljan att veta läget för alla. Gunnars roll, som det numera blev, var den tillbakadragna. Det bekymrade honom inte, det räckte att vara med vid bordet och höra dem samspråka, men de hetsiga debatterna gjorde honom utmattad. Samtidigt orolig att diskussionerna skulle urarta och leda till bråk.

I hallen hängde han av sig rocken på galgen, kängorna som på morgonen hade varit nyputsade var lerstänkta. Lena hade frågat honom om han ville sova över till juldagen, men han hade tackat nej. Hon insisterade inte, tack och lov. Hon kunde vara övertygande, så det knappt gick att säga emot. I hallen låg den lilla runda, den som han inte hade tagit med. Lena skulle säkert bli chockad om hon fick reda på att han hade börjat snusa och förklara för honom om det negativa med det. Ibland var det tröttsamt att hon skulle vara som en privatläkare för honom. Visste hans barn om att han hade snusat som ung? Antagligen inte.

Det var skönt att komma hem, att få rå sig själv, men morgondagen skulle ge tillbaka ensamheten. Han skulle sakna gårdagen med den samlade familjen, men framför allt barnbarnen med sina spontana känslor och värmen han fick från dem. Dagarna i lägenheten på tredje våningen blev längre och längre. Var det så här hans ensamma liv skulle fortsätta?

KAPITEL 4

Kaffet var gott och hett, Marita ogillade kaffe som hade svalnat. Hon bet små tuggor av ostsmörgåsen, njöt av den goda, vällagrade osten, som orsakade stickningar på tungan, men vad gjorde det när smaken var väl fyllig. Favoriten var den grynpipiga prästosten, särskilt när den var så stark att den vätskade sig och det knappt gick att hyvla den, utan det fick bli ostkniven. Oftast köpte hon ost över disk, det var godast så. Hon ville verkligen unna sig, inte som förr med snåljåpen till man hon var gift med. Som köpte billiga, milda, menlösa ostar i storpack. Det kunde bli en tvåkilos klump hushållsost, som varade hur länge som helst, till dess den möglade och hon fick slänga den. Och inte unnade han sig och henne en fika på stan, menade att kaffet var godare hemma och dessutom billigare. Till skillnad mot Lars ville hon ha njutning och kvalitet i vardagen.

Hon slängde en blick på de kala ekarna och björkarna utanför fönstret och tänkte på när de om några månader skulle stå gröna och prunkande. Nu i januari var mark och stigar täckta av ekbladen, de förhatliga ekbladen som gjorde underlaget såphalt, bladen som hade svårt att förmultna. Det skulle dröja drygt tre månader innan hon kunde vara i trädgården, men planeringen hade börjat, tankarna på att förbereda för odlingar, nya perenner och vilka ettåriga blommor som skulle finnas i rabatterna.

Radhusets trädgård var inte stor, men helt lagom och räckte till för odlingen med sallad, rädisor, gräslök, morötter, squash, potatis och bondbönor. Tomater försökte hon alltid med, men vissa år var det för kallt och resultatet blev magert, egentligen borde hon ha haft ett växthus för de känsligare plantorna men också för sitt intresse. Lars tyckte att trädgården var för liten för ett växthus, men antagligen var det kostnaden som han tänkte på. Kanske skulle hon be pojkarna att hjälpa henne att sätta upp ett mindre växthus.

På torsdag satt hon på bussen till Frölunda torg. Hon hade bestämt med Sylvia att shoppa och fika. Hon behövde en ny kappa, den gamla började se tråkig ut och nopporna syntes pinsamt väl. Så här efter jul och trettondagen fanns det möjligheter att hitta en snygg kappa av bra kvalitet till ett vettigt pris. Sylvia väntade utanför bokaffären, med uppknäppt kappa. Hon frös sällan, kanske isolerade den kraftiga kroppen mot kyla, tänkte Marita och noterade att Sylvias spetsiga näsa var röd, de kramades snabbt och gick in. Marita tog diskret upp fickspegeln, för att se om hennes egen näsa hade normal färg, hon hade i alla fall inte som Sylvia promenerat i kylan till centrat.

De vandrade runt nära varandra och kommenterade böcker, men deras smak var olika. Sylvia läste mest deckare, medan hon läste skönlitteratur både på svenska och tyska. Genom att de valde olika böcker och lånade varandras fick de läsa annat som de inte hade valt i första hand, det var givande tyckte de båda.

Bokaffären lockade med fyra pocketar till priset av tre och det nappade de på. De kom ut från affären med två böcker var, nöjda. Därefter vandrade de till klädaffärerna, för Maritas del efter kappan och för Sylvias, efter snygga blusar. Resultatet blev noll och besvikelse. Reorna efter jul visade sig mest bara bestå av udda och fula kläder eller var de bara till för de unga tjejerna? De gick till de dyrare mer exklusiva affärerna, men hittade inget som var prisvärt, det tog emot när man var pensionär. De blev besvikna, eftersom de hade förväntat sig att göra fynd. I stället blev det konditoriet som avslut av dagen. Inte det mest mysigaste konditoriet med sina plastmöbler i klatschiga färger, men de fick en stunds avkoppling.

De valde ett bord långt från mammorna med barn för att få sitta avskilt och kunna prata utan att bli störda. Det fyrkantiga bruna bordet var rent, konstaterade Marita, innan hon placerade brickan med kaffe och varsin bakelse. Hon kände ett styng av dåligt samvete för bakelserna. Själv höll hon vikten någorlunda, den svagt rundade kullen över magen var ändå konstant i omfattning, tack vare de rejäla promenaderna och träningen på gym. Däremot kämpade Sylvia med vikten, som ständigt gick upp och ner och där bantningar var återkommande. Gjorde hon fel som inte propsade på att de borde ta smörgås? Samvetet till trots, att unna sig en bakelse lite då och då kändes som livskvalitet. De njöt under tystnad av Napoleon- respektive Budapestbakelsen. Sylvia slickade av skeden och skrapade upp resterna. Marita lade ifrån sig sin sked och noterade att Sylvia tittade lystet på de bakelserester som hon hade lämnat.

"Jag har börjat i kör, för tre veckor sedan", sa Sylvia glatt. "Jag har tänkt många år att jag ska ta steget och äntligen gjorde jag det. I ärlighetens namn ... det var barnen som tjatade på mig. Att göra något. De har nog hört mig gala för mycket hemma." Sylvia skrattade glatt.

"Vad roligt, bra gjort!" utbrast Marita.

"Kan du inte hänga med? Kören är för både kvinnor och män och för alla äldre än femtiofem plus, vi har jätteroligt", sa Sylvia.

"Tack för frågan, men jag är inte intresserad och jag tycker inte om min egen sångröst."

"Synd, men är det inget annat du vill göra då? Jag skulle bli tokig av att bara gå hemma."

Marita knep ihop läpparna.

"Jag går inte bara hemma! Jag tränar två gånger i veckan på gym och promenerar i stort sett varje dag. Ibland blir det teater eller konsert."

Varför drog hon till med att hon gick på teater eller konsert, det var ju länge sedan? Sylvia verkade inte bry sig om Maritas höjda tonläge utan verkade ha annat i tankarna. Sylvias blick var finurlig, hon lade sitt huvud på sned.

"Man vet aldrig ... kanske kan jag träffa någon. Man träffar ingen om man bara sitter hemma", sa Sylvia.

Marita mindes när Sylvia lämnade sin man för flera år sedan, deras äktenskap hade varit stormigt under lång tid. Ändå hade mannen inte kunnat acceptera uppbrottet och hade bråkat, men Sylvia var stark och beslutsam med en självklarhet. Marita kunde ibland känna ett styng av avundsjuka på hennes kraft, men det gick över, hon var en fin väninna. Sylvias blick glittrade.

"Nej, jag har inte träffat någon ännu ... men det finns flera trevliga män där", sa Sylvia med ett skratt och kastade med huvudet bakåt.

"Jag tror inte att det är lätt att hitta någon", sa Marita dröjande. "Och skulle jag ge upp min frihet? När jag upplevt hur bra det är? Det är bara resandet som är problem när man är ensam. Men ingen ny man för mig!"

På bussen hem, med två böcker i kassen som hon höll stadigt i sitt knä, tänkte hon på samtalet med Sylvia. Hon hade inte varit sanningsenlig. Tankarna fladdrade ibland förbi med frågorna. Ville hon verkligen fortsätta att leva ensam resten av livet? Hur stor var chansen att träffa en bra man? Och i hennes ålder? Fanns det några vettiga män kvar? Eller var det bara övergivna som hon eller sådana som inte fungerade i relationer?

Hon tänkte på sina pojkar som hon ringde till med jämna mellanrum och som alltid hjälpte henne, hade de blivit ett substitut för att hon valde bort en man? Håkan var lätt att fråga som levde ensam. Bosse var snäll men hade fullt upp med familjen, arbetet och att renovera sitt hus. Sylvia var föredömlig som aktiverade sig. Men varför gjorde hon själv inget? Hon som i grunden var energisk, företagsam och strukturerad, som ville njuta av livet, ha kvalitet i det hon gjorde.

När hon arbetade heltid gick hon ofta på bio, teater, opera, balett och ibland på konsert. Hon gick på bokmässor, bokfestivaler, lyssnade på författarsamtal och var med i bokcirklar. För sina svenskaklasser och för de andra svenskalärarna planerade hon och bokade upp teaterbesök. För tyskaundervisningen planerade hon resor för sina studenter och utbytesprogram. Själv reste hon minst en gång per år till Tyskland. Hon hade ibland extraundervisning på bildningsförbunden för det var roligt att träffa nya människor och att få lära ut.

När skilsmässan kom hände något, hon hamnade i ett vakuum, livet stannade upp. Inte långt efter blev hon pensionär. Nu fanns bara promenaderna och gym. Det var allt. Hade hon tappat livsgnistan, gett upp, fast hon inte hade sett det själv. Hade hon gått in i ett vegetativt stadium i livets slutskede? Bussen tvärstannade med ett ryck, Marita flög framåt men fick tag i sätet framför med handen. Det här går inte längre, tänkte hon, jag måste ta mig samman.

KAPITEL 5

Gunnar satt tillbakalutad i fåtöljen med fötterna på fotpallen. Händerna lätt knäppta i knät. Efter maten, stekt potatis med färdiga köttbullar och stekt ägg, hade han bryggt sig kaffe och tagit med koppen till vardagsrummet. När snuset hade stoppats in fylldes han av välbehag och tillfredsställelse. Det var riktigt snus som saftade sig under läppen, inte portionssnus. Tänk om någon såg honom nu? Lena, läkardottern, hade blivit vansinnig. Och hans bortgångna fru? Otänkbart att hon hade accepterat.

När han var ung snusade han, hade börjat samtidigt med de andra grabbarna i högstadiet med Röda Lacket. Han slutade när han träffade Ann-Margret, hon gillade inte lukten när han öppnade dosan, den var frän och sur, sa hon. När de kysstes klagade hon på snussmaken, även om prillan hade varit ute ett tag innan. Hon klargjorde tydligt sin uppfattning om det farliga snuset och han slutade för hennes skull. Strax efter att hon hade gått bort började han snusa igen, utan att riktigt veta varför. Vad det för tryggheten i sin ensamhet? Eller behövde han känna ett beroende, få en vana som gav trevliga rutiner och framför allt den härliga njutningen? Han snusade oftast en gång om dagen hemma, det kunde bli två gånger om han var ute med vännerna på restaurang eller annat.

En ringsignal fick honom att hoppa högt, han reste sig långsamt, ryggen hade blivit stel av den mjuka fåtöljen, insutten sedan trettio år. Konditionen och styrkan var bättre förr, när han hade hus och trädgård. Var det inte något att renovera som krävde styrka, så fanns det tunga lyft av avfallet från underhåll, renoveringar eller trädgårdsarbete. På den tiden höll han i gång, men nu fanns inget som tränade hans kropp. Och han gjorde inget åt det. Mobilen låg kvar på köksbordet och hoppade av ilska över hans saktfärdighet.

Det var Bengt, kollegan från arbetet, numera också pensionär. Båda var maskiningenjörer från Chalmers och hade blivit anställda efter examen på Volvo, några månader efter varandra. De hade arbetat i nära fyrtio år på Volvo, trofasta sin arbetsplats. Idag gjorde ingen så, man bytte tjänst, fick högre lön och mer erfarenhet.

Bengt hade till skillnad mot honom nästan för mycket energi, ibland hade Gunnar funderat om han hade någon bokstavskombination. På skoj kallade han honom för duracellkanin och Bengt instämde gladeligen. Bengt var aktiv med jakt och medlem i en skytteklubb. Han deltog i skyttetävlingar runt om i Sverige. Och inte bara det, han spelade korpfotboll, där det blev träningar och matcher och skador ibland, men han fortsatte träget. Hans bilintresse var stort, det räckte inte att arbeta med bilar på dagarna, utan det blev fortsatt bygge på de två veteranbilarna i garaget, medan den nya Volvon fick stå utanför. Veteranbilarna visade han upp på sommarutställningar. Kanske inte konstigt att hans fru tröttnade till slut.

Gunnar önskade att han hade fått en del av hans energi. Bengt levde också ensam, men inte ofta. Emellanåt träffade han en ny kvinna och förhållandet höll ett tag och därefter var det dags igen med en annan flamma. Bengt sprudlade och pladdrade på, att han var på gott humör var inte att ta miste på. Gunnar misstänkte att något hade hänt, men avvaktade med att fråga, det skulle komma fram om han kände Bengt rätt. Gunnar slängde in en fråga:

"Du, ska vi ta en bowlingrunda med mat efter som vi brukar? Vad säger du? Torsdag, fredag?"

"Det låter kul, men ..." Bengt drog på det, "slutet av denna vecka är inte bra. Kan vi ta det nästa vecka, tisdag kan jag."

"Ja, då gör vi så", svarade Gunnar. "Samma plats, samma tid som vanligt. Jag kan boka bana och bord i restaurangen, men det behövs nog inte på en tisdag."

"Jag ska till Jönköping över helgen. Träffa en trevlig kvinna", sa Bengt glatt.

"Jaha", sa Gunnar med ett skratt. "Då förstår jag att du inte kan i slutet på veckan. Hur lyckas du träffa så många hela tiden, du är otrolig."

"Det kan du med", sa Bengt tvärsäkert. "Gör som jag, nätdejta, då träffar du så många du vill, den här donnan som jag har träffat är fantastisk. Är det inte dags snart för dig att gå vidare, det var ett tag sen som Ann-Margret dog. Gamle vän, du ser tärd ut när vi träffas, som att du har krympt också, tycker jag."

Gunnar funderade, det var inte så att han inte hade tänkt. Han trivdes inte med att leva ensam, det visste Ann-Margret, men det blev tvärtom – hon gick bort först. Men att lämna ut sig, öppet för andra med nätdejting, det kändes riskabelt och osäkert.

"Kanske, jag ska fundera – jag tänker på säkerhetsrisker och ..." Gunnar blev avbruten.

"Ha ha, säkerhetsrisker, lägg av, ingenjören, du arbetar inte längre. Vad är det som kan hända? Det är kvinnor vi pratar om. Du bestämmer själv vilka du vill träffa. Du kan avsluta när du vill."

"Ja, ja, jag vill bara vara försiktig. Förresten ... hur gör man? Om jag skulle vilja prova framöver." Gunnar förtydligade. "Men det är inte säkert att jag vill."

"Det är enkelt. Du som har arbetat med tunga beräkningar och datorprogram ska väl klara av att lägga in några futtiga uppgifter. Det kan inte hända något, mer än att du kan träffa någon som du inte är intresserad av och då är det bara att säga ajöss. Du bestämmer om du vill träffa någon och när. I så fall mejlar du via dejtingsidan, helt riskfritt. Sitter du vid datorn nu?"

"Nej, men jag kan gå dit", sa Gunnar och traskade i väg till arbetsrummet med mobilen i ena handen.

Arbetsrummet var nästan lika stort som sovrummet. Efter ena väggen stod kraftiga bokhyllor fulla med böcker, skönlitteratur och fackböcker. Gunnar hade också sina studiepärmar och kurslitteraturen i bokhyllan. När han slutade arbeta och blev pensionär tog han hem sitt referensmaterial. I detta fanns *för* mycket erfarenhet och sammanställningar för att han skulle vilja slänga det, men det visade sig att materialet aldrig kom till någon användning hemma. Inte heller hade någon ringt honom efter avtackningen för att rådfråga, det kändes tomt och konstigt, det var som om han inte längre fanns.

Att pensionera sig var skönt på ett sätt, med friheten, men det var som om livet stannade upp. Inga mejl, inga möten som bokades in, inga frågor, inga nya uppdrag, inga luncher med kollegor. Allt var tomt och tyst. Ann-Margret däremot fann sig snabbt efter pensioneringen, hon var full av liv och lust. Hon hittade på utflykter, resor och renoveringar, det fanns ingen hejd på hennes idéer och aktiviteter. Men framför allt, hon fanns runt honom, som en stadig klippa. Nu när hon inte längre levde blev det ännu mer stilla och tomt. Ibland kunde han undra om han levde eller gick runt osynlig i en lägenhet.

Han satte sig vid hörnskrivbordet, stort och rejält, med plats för stationär dator, skrivare och gott om ytor för att ha pärmar och skrivmaterial på. Han tyckte om att vara i sitt arbetsrum, smeka skrivbordsskivans vitlaserade ek, sätta sig bekvämt i den ergonomiska skrivbordsstolen. Skrivbordet påminde honom om den arbetsplats som inte längre fanns. Energin och kreativiteten som inte längre behövdes. När han satte sig ner, tryckte på tangentbordet och blundade en kort stund, kom känslan av att vara tillbaka på arbetet, lukten av ett instängt kontor, prassel av papper, trycken på tangenter, svagt mummel av röster som inte ville störa.

Ann-Margret hade inte använt skrivbordet utan det hade blivit mer som hans. Hon hade använt en bärbar dator, som inte hade haft någon särskild plats i lägenheten. Nu hade ett av de stora barnbarnen fått datorn. Johans barn var för små och de hade surfplattor. Datorn var redan på och han lade mobilen på skrivbordet med högtalaren påkopplad.

"Japp", sa Gunnar, "jag är på plats."

Bengt instruerade honom vilka dejtingsidor det fanns för äldre, han kunde rekommendera två av dem. De hade olika matchningsmetoder men båda verkade arbeta snarlikt. Bengt förklarade att Gunnar behövde beskriva sig själv i detalj för att få en så kallad profil. Han behövde också göra personlighetstest som skulle analysera fram vem han skulle passa ihop med och systemet skulle föreslå olika partners. Efter mobilsamtalet klickade sig Gunnar runt bland dejtingsidorna, men blev efterhand tveksam. Skulle han, sextionio år gammal, verkligen kunna hitta någon ny efter Ann-Margret? Han var övertygad om att han oundvikligen skulle jämföra varje kvinna med Ann-Margret och det skulle kännas märkligt.

Telefonen ringde. Igen, tänkte Gunnar, två gånger på samma dag, det hände sällan. Johan satt i bilen på väg hem till Torslanda från arbetet som ekonom på kommunen. Gunnar tittade på klockan. Bara fyra? När Gunnar arbetade på den tiden, satt han ofta kvar till sex på Volvo, de hade alltid mycket att göra, många projekt med deadline som ledde till de långa arbetsdagarna. Johan ringde honom nästan alltid i bilen, på väg någonstans. Han ringde inte sin pappa när han var hemma. Det kunde irritera Gunnar, fanns det verkligen inte tid att i lugn och ro hemma ringa sin gamla ensamma pappa, utan bara när han satt i bilen och inte kunde göra något annat?

"Hur är det pappa? Vad gör du?"

I bakgrunden hörde Gunnar bilradion på låg volym, bruset från bilkörningen låg som en jämn matta när Johan pratade. Gunnar sa som det var, att han inte gjorde något, men hade nyss pratat med sin gamla kollega från arbetet. Gunnar frågade i sin tur hur det var med Sanna och barnen. Allt var bra, enligt Johan. Därefter kom den vanliga frågan från Johan, vad skulle Gunnar göra i dag och i veckan? Gunnar kunde ana sig till vad Johans omsorg avsåg. Hade Johan dåligt samvete för att de inte hunnit träffa honom och antagligen inte heller skulle hinna? Med två småttingar och heltidsarbete var det nog inte helt lätt. Det hade gått fyra veckor efter jul, men han ville inte att Johan skulle känna sig tvingad till besök.

"Jag får se vad jag hittar på, dagen är ung."

Gunnar trummade irriterat med fingrarna, visste vad som skulle komma.

"Men pappa, borde du inte skaffa dig en hobby, det kan inte vara bra att du bara är hemma och inte gör något."

Det här var inte första gången Johan föreslog aktivitet för Gunnar, som blev lika trött på frågan som förra gången den kom upp. Barnen med deras omsorger, Johan om aktiviteter och Lena om hans vikt och hälsa.

"Jag är inte intresserad just nu av att göra något speciellt, jag orkar inte, jag är nöjd som det är."

"Men vad gör du hela dagarna?"

Gunnar svarade trumpet. "Lite av varje. Jag läser, promenerar, träffar vänner – det är bra."

Johan nöjde sig eller insåg att han för tillfället inte kom längre. Han frågade om Gunnar ville komma hem till dem på middag lite längre fram, nu hade de fullt upp de närmaste veckorna. Gunnar sa ja, men tänkte att det var bra ändå att det inte blev för ofta – på grund av Sanna. Johan och barnbarnen var en sak, men Sanna lade sig i, skulle vara med hela tiden och det var svårt att få en lugn stund med bara Johan. Det som kunde reta honom var när Sanna propsade på att ha rätt när hon hade fel, *det* gjorde i alla fall inte Lena. Det var svårt att säga emot Sanna och han vek sig. Lena var också ofta påstridig, men henne var det ändå lättare att säga till. Han var nog för snäll och det var nog samma för Johan. När Ann-Margret fanns tog hon Sanna bra och Gunnar fick vara själv med Johan. De var nog lika på ett sätt, lugna och behövde varken hävda sig eller bestämma över andra.

Efter samtalet blev det promenaden han normalt inte brukade ta, kände sig manad till det efter samtalet. Målet med promenaden fick bli affären, för att handla mat. Det var oftast så det blev, när han skulle promenera. Han behövde ett tydligt mål, inte bara spankulera omkring. Både till och från affären huttrade han och rös till, kroppen darrade. Det var dumt att inte ta en tröja ovanpå skjortan, bara vinterjackan räckte inte. Han frös helt klart mer nu när han var mager.

När han åter var hemma, delade han upp den inköpta brödlimpan i fyra delar, varje del med fyra skivor och frös in, han åt bara två brödskivor per dag och ville ha brödet färskt. Två bananer lade han i fruktkorgen, där det låg tre klementiner. Paketet med två fläskkotletter lade han in i kylskåpet, det fick bli morgondagens middag. Ett litet paket grädde var också inhandlat, en viktig ingrediens i såsen. Ann-Margret hade lärt honom sina knep med att få goda såser, grädde och smör skulle det vara. Det nyinköpta snuset lade han in i kylskåpet bredvid den redan öppnade dosan och lade en färgad plastpåse över. Ibland när Lena tittade in passade hon på att kontrollera i hans kylskåp att han hade mat. Fortfarande kände inget av barnen till att han snusade, så hoppades han att det skulle förbli.

Kvällen kom och januarimörkret sänkte sig som en tung filt över Göteborg. Från köksfönstret lystes den mörka staden upp, det flimrade av glitter från gatlyktor och andra ljuskällor i staden. Under promenaden hade det inte gått att undvika tankarna på det Bengt hade tipsat honom om och han bestämde sig för att prova. Var det inte bra skulle han avsluta direkt. I arbetsrummet var datorn fortfarande påslagen, svart skärm, men det var skärmsläckaren. Datorn kom i gång direkt med ett knapptryck. Han valde en av dejtingsidorna, den som Bengt till slut hade rekommenderat av de två föreslagna och läste:

Dejtingsidan "Seniordejting50plus – nya vänner" för dig som är äldre än 50 år och som söker nya vänner eller kärleken på nätet. Du kommer på denna mötesplats hitta en ny vän för livet eller någon för en långvarig relation. Att ha kontakt på nätet först och träffas därefter när man har lärt känna varandra, är säkert, effektivt och bekvämt. Alla profiler på vår dejtingsajt kontrolleras manuellt, du har fullständig kontroll över vem som kan se dina foton. Matchningstesten baseras på noggrann forskning. Det är gratis att bli medlem. Välkommen till dejting för seniorer!

Det var tre saker som Gunnar gillade med sidan. Att den var forskningsbaserad. Att den påstod sig vara säker. Och att den var gratis. Han gick till vardagsrummet, hällde upp lite whisky, gick tillbaka till arbetsrummet och registrerade sig med obehag för det okända. Den första delen var lätt att fylla i om utseende, bakgrund och yrke.

Därefter blev detaljeringsgraden extremt hög och det blev svårt.

Vad gjorde han en favoritkväll? Inte kunde han skriva att han satt i fåtöljen med whisky och snus och såg en deckare? Fritidsintressen? Det hade han inga för närvarande mer än att se på tv och att träffa barn och barnbarn. Han skrev dit "promenader", han gick i alla fall till och från affären i stället för att ta bilen. Favoritfilm? Dokumentärer och historiska skildringar, men det lät väl tråkigt.

Favoritmusik? Det var klassisk musik men var det omodernt och töntigt? Efter funderande skrev han dit "Allmänt", det var nog bäst så, han lyssnade ju på radio med all sorts musik. Motionsvanor? Han ville inte skriva "Aldrig", utan det fick bli "Sporadiskt", det lät bättre och var nära sanningen. Idrottsintressen? Det fick bli "Vandring", vilket låg närmast till de promenader han tog.

Om matvanor, där klickade han i rubriken, "Nyttig mat för det mesta". Nyttigt åt han i alla fall när Ann-Margret levde, även om det inte blev nu så ofta. Pyttipanna fick han inte äta när han levde med Ann-Margret, det var för fett. Numera köpte han fryst pyttipanna och stekte två ägg till och därtill inlagda rödbetor, det var gott, särskilt med en öl till och kanske en snaps.

Nästa fråga gällde om han var romantisk. Hur i hela fridens namn var man då? Han tänkte på att Ann-Margret visst fick blommor. När hon fyllde år och på mors dag och ibland när han såg någon annan köpa blommor, det var lätt att glömma. Då kunde han i alla fall inte vara oromantisk. Personligheten var nästa fråga. Där fick Gunnar fundera, men nog var han lugn, omtänksam och rolig. Självsäker också. Däremot inte spontan och absolut inte äventyrlig. Nästa rubrik var alkoholvanor. Gunnar tittade på sitt nästan tomma whiskyglas och fyllde i "Dricker i sociala sammanhang".

En timme tog hela processen och Gunnar kände sig mentalt helt slut. Han såg knappen där han kunde göra sig sedd av andra, men vågade inte. I morgon var det bra att läsa igenom hela registreringen, alla beskrivningar och texten han skrev om sig själv, vem han var och den han sökte. Magen var orolig efter att ha fyllt i alltihopa. Bengt hade sagt att det var säkert, men ändå – var detta som att kasta sig till vargarna? I morgon kunde han ta bort allt.

KAPITEL 6

Med kniven i högsta hugg tog hon kraft och stötte i vitkålshuvudet. Kniven fastnade! Om hon tänkt sig för hade hon inte köpt ett stort huvud utan ett halvt. Hon stirrade ilsket på huvudet med kniven och bet sig i läppen. Varför skulle hon göra kålpudding? Och sådana enorma mängder när hon bara levde i ett så kallat enmanshushåll. Från dagstidningen hade hon fått idén om billig och bra husmanskost för januari månad efter den dyra julen. Men hon hade inga problem med pengar, levde ganska sparsamt och inte blev det några resor heller.

Hon drog allt vad hon kunde, men kniven satt fast. Svettpärlor trängde fram i pannan. Skulle hon bli tvungen att fråga Karl, den äldre grannen bredvid? Alltid tjänstvillig, men också med ett alltför tydligt intresse av att hjälpa till. Han var snäll, men absolut inget för henne, för gammal och korpulent, skötte inte sin kropp samt det viktigaste skälet – han rökte.

Hon tog kniven och sågade fram och tillbaka och till slut lossade den. Efter detta missöde drog hon i stället av de vita, hårda bladen, ett efter ett och strimlade dessa. Vitkålsstrimlorna fick fräsa i det gyllenbruna smöret och en ljuvlig doft spred sig mot henne, trots att fläkten var på högsta nivå.

Dofterna fick henne att överväga om inte ett glas rött vin skulle tillföra det där lilla extra, även om det bara var en onsdag? Vin bidrog alltid till att förhöja smaken ytterligare och varför skulle hon inte unna sig? Hälsoproblem hade hon inga och det blev inte mer än tre glas i veckan. Utom när hon träffade väninnorna med mat och vin.

Hon log omedvetet när tankarna kom om när hon var ung och aktiv med handbollen på elitnivå, på den tiden var hon noggrann med vad hon åt och drack, alkohol var inte att tänka på.

Hon bar den stora handsnidade träbrickan med tallrik, bestick och ett glas rött italienskt chiantivin till vardagsrummet. Ganska ofta, i alla fall när det blev vin, valde hon att äta i vardagsrummet i stället för i köket, det kändes festligare. Inte vid matsalsgruppen, vid det gedigna och rejäla matbordet i massiv ek och med klädda stolar som inte var hennes stil. Att Lars inte hade velat få med sig matsalsmöblemanget som han hade valt, var förvånande. Hans nya yngre kvinna gillade kanske inte den mörka, tunga stilen. Hon satte sig vid vardagsrumsbordet, i den gräddgula skinnsoffan, som var hennes val och som Lars motvilligt hade accepterat. Det var inte särskilt bekvämt att äta där, men kändes trevligt med tv:n som sällskap och med ett slötittande mellan kanalerna.

Kålpuddingen, med den smörstekta vitkålen och den gyllenbruna ytan, var riktigt god. Hon var stolt över att ha fått till en lagom avvägning i smakerna, sötman från sirapen med den mjuka grädden och saltmustiga sojan. Till detta hade hon kokt potatis med skal på, rårörda lingon och gräddsås. På köksbänken stod rektangulära glasformar i olika storlekar, fyllda med kålpudding, visserligen bra för infrysning, men det var ofantliga mängder. Lösningen blev den brukliga. En snabb blick på klockan, nitton, han skulle säkert vara hemma. Hon hämtade mobilen som låg på hallbordet och slog vant namnet på displayen.

"Hej, det är mamma, stör jag?"

Håkan låg i soffan och såg en serie, men sa att det inte gjorde något, han kunde sätta den på paus. Marita berättade om kålpuddingen och frågade om han ville komma på middag nästa dag – eller någon annan dag. Håkan sa sällan nej till hennes hemlagade rätter och lovade att komma nästa dag. Efter samtalet tänkte hon åter på hur sorgligt det var att han var ensam. Varför kunde inte han göra som andra unga människor, försöka med dejting på nätet eller Tinder som hon hört om.

Det var ett mysterium för henne att det hade blivit på det viset för Håkan, han som var snäll, hjälpsam och trevlig. Inget fel på utseendet och han var smärt och fin i kroppen, visserligen flintskallig men det var ju många unga män. Kunde det vara att han var kort? Tre gånger hade hon fört detta med flickvän på tal, men tredje gången hade hon blivit bryskt avbruten. Hon mindes hans blick, ögonen som mörknade, pannan som rynkades. Håkan hade sagt med en skärpa han aldrig tidigare hade haft att hon inte skulle lägga sig i hur han levde. Hon vågade inte föra detta på tal mer, men hade bara hoppats på en förändring. Hur svårt kunde det vara? Han var inte homosexuell, det hade hon trott ett tag. För hennes del fick han ha vilken läggning som helst, bara han slapp leva ensam – som hon gjorde, men skillnaden var att hon var gammal och hade levt ett långt liv med barn och familj.

Marita suckade och gick till arbetsrummet på andra våningen och satte i gång datorn. Den var seg, men till slut hostade den och vaknade till. Hon skulle nog behöva be Håkan att kontrollera om extraprogram eller virus tyngde ner datorn. Den här veckan var det som om pannan och datorn konspirerade gemensamt mot henne. Håkans undersökningar brukade ofta sluta med hans bistra min och frågan om vad hon hade gjort, vilka nya hemsidor som hon hade besökt. Bara de vanliga, svarade hon förnärmat varje gång.

Hon gick in i mejlprogrammet. Där låg gruppmejlet från väninnorna och alla var överens om nästa datum för dammiddag. Trevligt att se fram emot, även om det var nästan två månader till dess, tänkte hon. De var ett gäng sedan fyrtiofem år tillbaka som träffades. I början med tjejträffar, när barnen var små, numera som dammiddagar, med trerätters och vin. Hon skrev upp datumet i fickalmanackan som låg på skrivbordet. Därefter kontrollerade hon väderappen som visade på uppehåll för morgondagens promenad, det var bra, ingen sol men heller inget regn och blåst i alla fall.

Hon konstaterade återigen för sig själv att hon i stort sett trivdes med att vara själv, även om det skavde emellanåt. Inte hade hon trott att hon skulle behöva leva ensam som pensionär. Ibland saknade hon det gemensamma vardagslivet, även om det var mest resor hon ofta tänkte på. Att ha någon att diskutera det som stod i tidningen med, laga middag och äta ihop, fika, hitta på utflykter eller besök. Lars hängde med emellanåt, även om det var motvilligt.

Nu flöt dagarna på utan att hon alltid kunde komma på vad hon hade gjort under dagen. Varför tog hon inte, med den energin som hon hade eller åtminstone brukade ha, tag i sitt liv? Hon kunde läsa en kurs i något ämne eller hitta en ny hobby. Hon kunde till och med ta upp extraarbetet hon hade förr med att vara lärare i tyska i ett bildningsförbund. Och träffa trevliga människor som ett extra plus. Vad hade hänt med hennes handlingskraft och framåtanda?

Perioden när hon hade tjatat på Håkan om flickvän, hade hon letat på nätet och sett alla dejtingsidor som Håkan hade kunnat använda sig av, men han var helt ointresserad av hennes förslag, blev mer och mer irriterad för varje gång hon tog upp det. När hon letade hamnade hon på dejtingsidor för äldre, men tänkte inte på det då. Tanken kom flygande, skulle hon, sextiosex år, våga testa en dejtingsida? Skulle det kanske kunna inspirera Håkan? Om det skulle bli fel eller inte kännas rätt, fanns säkert möjligheten att snabbt dra sig ur?

Hon klickade sig fram till en sammanställning av dejtingsidorna som vände sig till äldre och bestämde sig för en av dem, utan att känna sig säker på att hon hade valt rätt. Kanske hjälpte vinet till som hon hade druckit till maten, rätt som det var skrev hon på första registreringssidan att hon var kvinna som sökte en man. Paniken kom och hon stannade till, tänkte på riskerna. När hon såg hur många som var medlemmar på de olika dejtingsidorna lugnade hon sig, som lärare var hon van vid att hantera alla möjliga svåra situationer, då borde hon klara av detta.

De första frågorna var mer av generell karaktär som personnummer, att hon var skild, med utflugna barn och inte arbetade längre. Därefter blev frågorna mer detaljerade och ibland inte helt lätta att besvara. Marita bestämde sig för att vara så sanningsenlig som möjligt. Inte överdriva för att låta bättre än hon var och inte heller underskatta sig, hon skulle vara korrekt. Dryckesvanor skulle beskrivas. Var "ofta" varje vecka? Eller varje dag? Hon ville inte låta som en alkoholberoende. Hon valde, "ibland" som frekvens, som ett ofarligt mellanting. Antalet frågor kändes oändliga, om bästa boken, bästa tv-serien, bästa musiken och bästa filmen. Därefter skulle hon beskriva mer utförligt vem hon var, vem hon ville hitta, vad hon förväntade sig av en relation, vad hon gjorde på fritiden och på semestern. En extremt lång lista med fritidsintressen följde och Marita valde ut: läsa, promenera, matlagning, litteratur, språk, trädgårdsarbete, teater, stadsresor, resor, film, drama, dans och restaurang. När listan var ifylld blev hon osäker, var det för många intressen? Verkade hon vara *för* aktiv? Överaktiv som inte kunde ta det lugnt, det stämde absolut inte. Bugga hade hon inte gjort på många år, dans fick därför utgå.

Frågan om musik var svår eftersom hon kunde lyssna på det mesta, men föredrog klassisk musik. Hon valde med vånda "Enbart klassisk musik". Radion lyssnade hon på ganska ofta, antingen kanalen P1, med intressanta teman eller P2, med den klassiska musiken. Hon fastnade en lång stund på frågan om att sätta in ett fotografi, men vågade inte, även om det stod att det var viktigt för att få många svar. Det fick avvakta. Sista uppgiften var att skriva en profil på den man hon sökte, för att systemet skulle kunna ta fram profiler som matchade hennes sökprofil. Efter viss möda fick hon även den klar. En blick på datorklockan och hon blev förvånad. Två timmar hade hon lagt på hela processen.

Plötsligt blev hon medveten om bubblet i magen och ett lätt illamående kunde förnimmas. Var det oro över vad som skulle hända? Hon skrattade till, nej, så känslig var hon inte. Naturligtvis var det kålpuddingen, med allt kålinnehåll, som hon hade ätit av, den hade varit alltför god. Några knapptryckningar och surrandet från fläkten i datorn stängdes av. Hon reste sig upp, stel efter att ha suttit stilla utan avbrott. Imorgon skulle resultatet av att ha kastat sig ut i det okända visa sig. Detta var bara ett test, intalade hon sig, som kunde avbrytas när som helst. Förhoppningsvis skulle hennes initiativ med nätdejting kunna vara inspirerande för Håkan.

KAPITEL 7

Smällen kom från brevinkastet. Gunnar ignorerade och satt kvar vid skrivbordet i arbetsrummet. Sedan en vecka tillbaka fanns det annat som upptog hans intresse. Tidigare brukade han gå direkt till ytterdörren för att ta hand om dagens post. Räkningar sorterades in i boxen i bokhyllan i arbetsrummet, tidskrifter lades på sidobordet i vardagsrummet och reklamblad hamnade direkt i papperspåsen i garderoben i hallen.

Det han hoppades skulle komma med posten var tidskrifterna. Två prenumererade han på. Den tekniska tidskriften kom varje vecka. Genom denna höll han kontakt med utvecklingen, inte bara för bilar, den som han behövde förr när han arbetade, utan generellt om all utveckling. Den historiska tidningen var ett nygammalt intresse. Som ung var han historiskt intresserad, men tappade det delvis under familjeåren. Som pensionär hade han tagit upp intresset igen. När tidningen kom infann sig högtidsstunden, att sitta i älsklingsfåtöljen, med ett glas Ardbeg whisky och få läsa. Den kraftigt rökiga smaken satt länge kvar inom honom, med varje utandning kom den aromatiska doften. Ann-Margret hade ogillat lukten, men nu fanns ingen som rynkade på näsan åt honom. Idag var posten av underordnad betydelse, inte ens eventuella tidskrifter fick upp honom.

Blicken vände åter till datorskärmen, där Excelförteckningen var utarbetad och klar. Gunnar smålog stolt, det här passade hans ordningssinne. Översta raden hade han svärtat, överst i varje kolumn stod kortnamnet eller alias, cellen under innehöll en sammanfattande beskrivning av kvinnan. Övriga celler innehöll mejlen och chattandet. Det var på det viset han höll reda på de kvinnor han hade kontakt med, annars skulle han blanda ihop alla. Nu fanns fem kolumner namnade, det innebar att han höll stadig kontakt med fem kvinnor. Det var Bengt som hade rått honom att ha flera på gång, han påstod att de försvann efter hand, träffade någon eller hittade någon annan att skriva till. Bengt hade åtta, vilket Gunnar tyckte var för många, fem var tillräckligt svårt. Det var därför han hade gjort i ordning Excelförteckningen. Bengt hade skrattat friskt när han hörde lösningen och kallat honom för strukturfascist.

Varje morgon och varje kväll satt han vid datorn, skickade i väg, svarade och chattade. Emellanåt var det nya kvinnor som tog kontakt med honom och han höll på ett kort slag, kunde komma upp till sex eller sju kvinnor på listan, men tog ner antalet kolumner till fem igen. Det blev som ett gift, timmarna bara försvann. Det hade blivit helt naturligt och självklart att nätdejta. Det skapade en spänning, nästan så att han hade glömt syftet, att hitta en kvinna att dela sitt liv med.

Han hade funderat på att lägga in dejtingappen i mobilen, men bestämde sig för att det fick räcka med datorn. Från Excellistan gick han tillbaka till dejtingsidan, den ryska, J.a123, var inne och chattade med honom, de hade hållit på i drygt två veckor. Hon var ung med sina femtiosex år jämfört med hans sextionio år, men verkade intressant. Hon föreslog att de skulle träffas och ta en promenad i stan. Det lät trevligt och ganska ofarligt, tänkte Gunnar och tackade ja.

Klockan var strax innan fyra, tisdag eftermiddag, den nittonde februari. Järntorget var kaotiskt som vanligt, biltrafiken var tät som passerade torget. Allt skulle samsas på en central plats, bilar, bussar, spårvagnar, promenerande och cyklister. På torget var det fullt av människor som skulle hem från arbeten med spårvagnar och bussar.

Gunnar stod med ryggen åt pressbyrån, en bit från hållplatsen och tittade bort mot Folkteatern. De höga träden efter gatan stod nakna och spöklika. Rosenlundsverkets höga skorsten syntes där han stod, han såg röken välla ut och tänkte att det inte var ofta som den var i gång. Röken var säkert vattenånga, folk i allmänhet trodde alltid att rök måste vara farlig eller att den hade fossilt ursprung. Februaridagen var mörk, de grå kompakta molnen hindrade effektivt känslan att det var en dag, utan mer som om mörkret var på intågande, trots att det var en timme kvar innan solnedgången.

Jelena, som stod bakom förkortningen J.a123, skulle komma med en röd kappa, hade hon sagt. Det fanns nog ingen annan med röd kappa, tänkte Gunnar, han såg mest mörkblåa, gråa och svarta jackor och kappor. Han hade sagt att han skulle ta en grå parkas och en röd halsduk.

Han var i god tid som alltid, tio minuter innan de skulle träffas, det kändes tryggt att vara först på plats. Frusna människor stod väntande vid hållplatser, andra kom springande i full fart fram till en spårvagn som var på väg att lämna. Några promenerade som om de hade all tid i världen. Det var intressant att betrakta livet runt om som han normalt inte gjorde när han var på väg någonstans.

En spårvagn rasslade förbi honom mot Allén och fick honom att hoppa till, den for vidare mot stan. Från det hållet såg han en röd kappa, kappan svängde lustigt och rörde sig raskt mot honom. När hon kom närmare såg han att hon hade högklackade stövlar, en svart-lila halsduk virad flera varv runt halsen och en stor svart basker på huvudet. När hon stod framför honom såg han att hon var söt, med runt nätt ansikte, men kraftigt målad, det förvånade honom eftersom hon var lärare och kom direkt från arbetet. Gunnar räckte fram sin hand och hälsade artigt. Jelena sprudlade, orden forsade ur henne som en kulspruta och den ryska brytningen var tydlig. Hon verkade inte alls blyg, vilket han var.

Planen var att promenera tillsammans till Trädgårdsföreningen – det var allt. Jelena hade ett paraply med sig som hon svängde glatt med och frågade ut honom mer än han frågade henne. När de kom fram till Kungsportsavenyn, strax innan porten till Trädgårdsföreningen, sa Gunnar att han måste hem. Jelena såg förvånad ut, men sa inget, de tog ett stillsamt adjö och gick åt varsitt håll.

Gunnar gick med lättade steg hem, han hade direkt känt att Jelena inte var något för honom. Hon skulle ha ätit upp honom med allt sitt prat. Han promenerade hela vägen hem till Guldheden, så lång promenad brukade han aldrig ta. Men idag var den välbehövlig för att vila öron och huvud. Nej, lärare var nog inget för honom, de var vana att prata och styra.

Han hann inte mer än att ta av sig jackan och få fram mobilen ur fickan när den började vibrera. På displayen visades fem missade samtal från Lena.

"Pappa, var är du? Jag var förbi för två timmar sen, men du var inte hemma, sen har jag försökt nå dig men du har inte svarat. Jag blev orolig, tänkte att något hade hänt?"

"Jag har varit på promenad och råkade inte ha mobilen på. Jag har inte sett att du har ringt, tråkigt att jag har missat", sa Gunnar. Inte ville han säga till dottern vad han hade gjort. "Du behöver inte vara orolig, vad skulle kunna hända? Jag ringer om det är något."

"Men pappa, har du promenerat i två timmar? Det brukar du aldrig göra", sa Lena förvånat.

"Jag promenerar ibland, det gör jag. Jag promenerar inte i ett sträck alltid utan passar på att handla eller göra något", sa Gunnar och hoppades att det lät trovärdigt.

"Ja ja, nu är jag i alla fall hemma i Långedrag. Passet var slut, jag tänkte kolla hur det var med dig, men som sagt, du var inte hemma, du brukar vara det. Jag ville fråga dig om söndag, det är tävling, truppgymnastik i Angeredshallen. Båda flickorna tävlar, vill du följa med? Efteråt kan du följa med hem på middag?"

Gunnar tackade ja till båda förslagen. Flickorna var duktiga, liksom deras lag. Han förstod inte hur de kunde vara så böjliga i kroppen och starka, med volter framåt och bakåt och fort gick det. De kunde stå på händer hur länge som helst. Flickorna var verkligen morfars glädje i livet, särskilt nu när han var ensam. De sprang fram till honom efter tävlingarna och ville berätta, inte först till mamma och pappa. Han hade nog inte missat någon tävling, trodde han, satt i de kalla hallarna och fick känna sig stolt.

På kvällen satt han åter vid skrivbordet. Ljusen över staden glimmade som stjärnor, natthimlen var mörk, inget stjärnljus lyckades tränga igenom den kompakta muren av gråsvarta moln. Han vände blicken mot livet i den andra rymden, cyberrymden. Fler svar väntade på honom, men först tog han bort kolumnen i Excellistan med namnet J.a123. En timme senare antecknade han i fickalmanackan och började skratta. Det här är inte jag, tänkte han skälmskt. Vad Bengt kommer att bli förvånad nästa gång vi hörs om mina planer. På fredag hade han bestämt med Eva, sextioåtta år, klockan elva med lunch på stan. Då skulle de kunna prata i lugn och ro innan alla lunchgäster vällde in. Han tänkte inte ta någon promenad mer. Klockan ett, samma dag, hade han bestämt att fika med Birgitta, sextiosju år.

Den kvällen låg han i dubbelsängen med händerna knäppta på magen och tittade på tavlan med havsmotivet, grå bergsknallar i förgrunden med rosa trift vid ett lugnt blått hav med vitt skum närmast strand. Livet hade blivit mer oförutsägbart och spännande, han kände sig mer upplivad än vad han hade gjort på länge, det var nästan svårt att slappna av för att sova. Två gäspningar på raken fick honom ändå att förstå att han var trött. Han vände sig om för att lägga sig på sidan och somnade direkt.

Dagarna till fredagen kröp plågsamt fram, som om tiden saktade ner för varje timme, till slut kom den. Fredag eftermiddag, efter att båda träffarna var avklarade, satt Gunnar i bussen hem. Bussen tog fart uppför, det knakade i väggar och golv, från Korsvägen var det uppåt mot Guldheden och Gunnars kropp krängde med i svängningarna. Käkarna var spända, besvikelsen gjorde honom nedstämd, mer än han hade förväntat sig.

Ingen av kvinnorna han hade träffat under dagen kändes bra. Den första kvinnan var kraftig, med ett hår som var långt och slarvigt uppsatt. Det låg långa hårstrån på hennes tröja och det såg osmakligt ut. Det var krångligt för henne att hitta ett passande bord, först hamnade de nära ett fönster men där var det drag och de fick flytta sig. Nästa problem för kvinnan blev att välja rätt maträtt utan fett och i övrigt verkade hon omständlig i det mesta.

Den andra kvinnan pratade bara om sin förre make, alla fel han hade haft och hur hon tyckte att en relation skulle vara. Gunnar märkte att han vid båda träffarna blev tystlåten och tråkig. I bussen på vägen hem kom tankarna på barnbarnen och deras tävlingar på söndagen. Detta muntrade upp honom i alla fall. När han hoppade av bussen var han återställd i humöret och tänkte att två kolumner skulle han ta bort ikväll innan middagen med en god öl och ett litet glas rökig whisky. Kanske skulle han prova den japanska, den var inte så dum, även om den aldrig skulle bli hans favorit.

KAPITEL 8

Landskapet fladdrade snabbt förbi, där hon satt vid fönsterplatsen och tittade ut. Det var en vacker vårdag i början av mars, där en försvagad sol lyste så här års. Himlen var för en gångs skull helt blå, men sikten genom de smutsgrå tågfönstren var dålig. Mellan hennes ben stod papperskassen med godispåsarna till barnbarnen. Handväskan höll hon hårt i även om risken för stöld på ett pendeltåg inte var särskilt hög på en söndag.

Varje gång hon reste med kollektivtrafiken till Bosse i Lerum, saknade hon bilen. Med bil hade hon kommit till honom på cirka trettio minuter, men med buss och tåg och därefter en kort promenad tog det totalt en och en halv timme. Bosse ville hämta henne vid tåget, men tio minuters promenad tog hon gärna. Bilen hade hon sålt, strax efter skilsmässan. Det var bara krångligt att ha kvar den, och dyrt. Tidigare hade Lars skött allt med bilen: däckbyten, reparationer, biltvättar och service. Hon hade tänkt att i stället hyra bil vid de tillfällen när detta behövdes. Det hade hon inte gjort på tre år.

Huset låg i ett lummigt, uppväxt villaområde. De flesta av husen var byggda på femtiotalet, med träfasader i vitt eller eternitgrått, någon enstaka gul eller annan färg bröt av mönstret av vitt eller grått. Några få nybyggda villor låg inklämda, det syntes tydligt att det var från avstyckade tomter.

Dörrklockan klämtade hemtrevligt med ett ding-dong och hon hörde rösterna av de glada barnbarnen. Sofia, tolv år, och Fredrik, tio år, slet in henne och pratade i mun på varandra. De blev lika glada för godispåsarna som när de var små. Det var härligt att krama dem, hon hoppades att kramar skulle vara självklart för dem även när de kom i tonåren. Hon drog in doften från deras barnkroppar när hon omfamnade dem, kunde känna igen vem som var vem när hon blundade. Fredrik luktade fortfarande barn, men Sofia doftade annat, något aromatiskt, hade hon börjat med parfym eller var det deodorant?

Marie kom sakta vaggande emot henne från köket, pratade samtidigt som barnen berättade, vilket störde henne. Marie frågade om tågresan, men väntade inte på hennes svar utan berättade att Bosse var ute i garaget.

"Han skulle ha varit inne för länge sen, men du vet hur han är", sa hon och himlade glatt med ögonen.

Marita log ett svagt leende, ville inte säga emot, men Bosse hade inga olater, hennes son var ambitiös, renoverade huset och skjutsade barn. Vad gjorde Marie egentligen? Tjock och pratig och lat. Men barnbarnen var helt underbara. Nuförtiden behövdes hon inte som barnvakt mer än någon enstaka gång. Marita föreslog att hon kunde gå ut till garaget och hämta Bosse, med den outtalade avsikten att få en stund med honom ensam. Precis då kom han in genom ytterdörren, med smutsiga snickarbyxor, orakad och håret vilt spretande åt alla håll. Han lyste upp, men höll avvärjande händerna framför sig och pekade på kläderna, ingen kram. Marita skrattade till, nej de oljefläckarna ville hon inte ha på sin klänning. Bosse försvann i väg till badrummet.

En stund senare satt de samlade runt matsalsbordet i köket. Marie hade gjort en köttgryta, kokt potatis, gelé och med sallad till. Marita måste motvilligt erkänna att Marie var duktig på matlagning, det gjorde hon bra i alla fall. Hon berömde Marie som stolt sög i sig det. Från barnbarnen hördes ett koncentrerat mumsande. Sofia åt fint med kniv och gaffel, medan Fredrik skyfflade hungrigt i sig maten, kniven fick ligga still bredvid tallriken.

Det blev som det brukade hemma hos Bosse och Marie, Marie pratade mer eller mindre konstant. Hon berättade om sitt arbete, där en tank med råvara, majonnäs, hade vält där hon stod vid fyllningsmaskinen. Så kladdigt det blev och det tog en lång stund att rengöra golv och maskin, för att inte tala om hur halt det blev på golvet av det feta. Nästa punkt från Marie var stående, om chefer som inte förstod, beslutade fel, om arbetskamrater som inte arbetade eller fuskade med sjukdomar. Bosse lyssnade tålmodigt och barnen åt, vana vid sin mamma. Frustrationen steg inom Marita och hon tillät sig att vara oartig, avbryta Marie, som inte brydde sig om att bli avbruten. Marita vände sig till Bosse för att fråga hur det var på *hans* arbete. Bosse var anställd på en stor elektrikerfirma och reste runt en hel del, ibland en bra bit utanför Göteborg, men helst ville han vara i Lerumsområdet för att ha nära hem. Barnen behövde skjutsningar till sina aktiviteter.

Marita frågade vad det var för projekt med huset för tillfället? Bosse skrattade till, väl medveten om att Marita tyckte de renoverade jämt. Vi bygger uterum, berättade Bosse glatt, i Sverige är det nödvändigt, för att få ljus och för att kunna utnyttja höstar och vårar för att få känslan av att vara ute. Därför blev det inte någon resa till Thailand i år.

Efter middagen hade Marita velat få en egen stund med Bosse, men det var omöjligt. Bosse plockade undan tillsammans med Marie efter maten, därefter sattes kaffe på. Marita ville hjälpa till, men hindrades av Bosse som menade att hon skulle ta det lugnt. Marita passade på att besöka barnbarnen i sina rum på andra våningen. Hon konstaterade att rummen var fina och fräscha, med trägolv och nya tapeter. Bosse var omtänksam med att barnen fick det fint och nya tapeter efterhand som de växte eller när de önskade sig.

Pajen med röda vinbär stod framme på köksbordet och spred vällustiga dofter. De röda bären lyste fram under ett ruttäcke av smördeg. Marie uppgav med stolthet att hon nästan hade för mycket bär och äppelklyftor infrusna från den stora trädgården och undrade om Marita ville ha några fryspåsar. Marita tackade artigt nej, hon hade själv en svart vinbärsbuske, rabarber och ett äppelträd. Marita betraktade, när Marie inte märkte det, hennes korpulenta kropp, tänkte att Marie inte så ofta borde äta paj med glass och allt det andra hon gärna stoppade i sig. Hade hon inte blivit fetare? Naturligtvis älskade Marie att baka, särskilt det som var sött och fett.

Barnen sprang upp till sina rum, mätta och nöjda efter att ha fått i sig sammanlagt halva pajen. Sofia ropade till farmor från övervåningen att hon ville visa något. Jag med, kom Fredriks röst som i kanon. Jag kommer strax, ropade Marita tillbaka. Bosse och Marie plockade undan igen och Marita drog sig ut från köket till vardagsrummet i hopp om att få en lugn pratstund, helst med Bosse själv. Bosse kom, men det dröjde inte många sekunder förrän Marie kom efter och pratade på.

Söndag kväll och hemkommen. Hon var trött från dagen och framför allt av Maries svada. Skulle hon bli tvungen att boka tid med sin egen son, utan Marie, för att kunna få prata i lugn och ro med honom? Det förvånade Marita att uppfattningen som hon hade om Marie inte verkade finnas överhuvudtaget hos Bosse utan han godtog sin fru som hon var och älskade henne rätt upp och ner. Hela familjen verkade må bra och det var viktigast, tänkte Marita och insåg att hon fick bita ihop när det gällde Marie och hennes svada.

Hon gick uppför trappan, hade inte tänkt, men något pockade i henne. Var det tomheten och tystnaden i huset som gjorde att hon inte kunde låta bli, utan startade datorn.

Hon hade en stadig kontakt med två intressanta profiler som hon själv hittat och några män hade hittat henne. Flera mejl fanns att besvara och att berätta om dagens besök. Förra veckan blev hon nedstämd. En man som hon hade skrivit till i tre veckor hade oväntat försvunnit, kanske hade han träffat någon? Eller tyckte han inte om hennes svar? Varför kunde han inte sagt hej då? Hon hade velat träffa honom, han verkade intressant och skrev bra. Som före detta lärare i svenska (och tyska) skulle hon inte kunna tänka sig att träffa någon som inte behärskade det svenska språket väl.

En av männen som hon hade skrivit till i två veckor frågade om de skulle ses över en fika i veckan. Han skulle komma från Vänersborg för att titta på en konstutställning och det kunde passa bra då. Var det för tidigt, undrade Marita för sig själv, men sa ändå ja till att träffa honom.

Hon satt vid bordet mitt i stråket i Nordstan. Besviket konstaterade hon att det inte var något trevligt kafé som han hade föreslagit. Människor passerade i horder om vardera sida av kaféet. Fyrkantiga bruna bord, ingen duk som hade kunnat förhöja känslan, bara en plastvas med en bleknad plastblomma i och tråkiga hårda plaststolar som man inte kunde sitta länge på utan att det kändes. Hon var fem minuter tidig, vilket var lagom. Boken hade hon lagt på bordet, vilket var kännemärket, han skulle också komma med en bok. Kaffe, vatten och en räksmörgås väntade på bordet.

Mannen kom på exakt tid. Hittade henne vid bordet, hälsade och gick bort och köpte en kopp kaffe, inget annat. Det förvånade Marita, varför? Det blev tråkigt, när hon åt och han tittade på och det var inte det enda hon upptäckte. Det måste vara något fel på den mannen, tänkte hon både en och flera gånger. Han pratade om sin mamma och pappa hela tiden! Om vad de gjorde och tillfällena när han hälsade på. Men karln var ju sjuttio år! Efter trekvart var hon klar med honom i alla fall. De skildes åt utan att någon av dem sa något om att träffas mer.

Flera veckor senare träffade Marita två män. Den första mannen var två år yngre än henne, men såg ut som en gammal gubbe, med flintskalle, rundad mage och keps. De träffades på en indisk restaurang. Han hade problem med sitt ena ben och fällde ut det, men eftersom han var lång, hamnade benet alltför nära hennes.

Den andra mannen hon träffade, där stämde inte beskrivningen från dejtingsidan. Han skulle vara smärt, men var småtjock, han skulle se bra ut enligt sin egen beskrivning, men såg inget vidare ut. Han skulle vara välutbildad, men läste inga böcker, såg bara på serier. Han hade inga barn och hade inte varit gift, det fick henne att undra.

Fyra veckor senare beklagade sig Marita för Sylvia i mobilen. Hon var den enda av väninnorna som visste om att hon nätdejtade. Det visade sig att det hade Sylvia också gjort tidigare, ett kort tag, men tröttnat på. Nuförtiden gällde körsång och där hade hon träffat en intressant välsjungande man med basröst. De var inte ihop – ännu –

men det kändes som att något var på gång. Marita berättade att hon hade träffat tre män och hade skrivit till ett stort antal män, men det hade inte blivit något.

"Jag vet inte, kanske ska jag strunta i detta. Jag har det nog bra som jag har det. Det är allt ansträngande att träffa vilt främmande män och jag hittar bara fel på dem. Jag kanske har för höga krav, men samtidigt, jag retar mig på dem. Blir det så när man är äldre att man blir kräsnare? Kanske är det hopplöst ändå", sa Marita.

"Du kan väl börja med körsång, det är jättetrevligt", sa Sylvia glatt och verkade ha glömt att hon tidigare hade frågat Marita om det.

Marita suckade och sa att varken körsång eller något annat var aktuellt, möjligtvis bugg, men inte nu. Efter att hon hade stängt av mobilen tänkte hon på sina barn, ingen av dem visste om att hon nätdejtade. Inget skulle hon säga heller, eftersom det verkade hopplöst. Än så länge fanns det inte något att kunna locka Håkan med, tänkte hon modfällt, hon som hade hoppats på att få sonen att ta steget från att leva ensam.

KAPITEL 9

Den kraftiga vinden, mättad av saltet från det närliggande havet, gav en råhet över ett kallt Göteborg. Trots att det var i slutet av mars månad, med en sol som försiktigt försökte värma på dagen, blev eftermiddagen och kvällen kall. Marita hade förberett sig väl, klätt sig som för en vinterdag. Hon hade precis gått av den skramlande spårvagnen, drog halsduken tätare kring halsen och mössan ordentligt över öronen. Den grå vinterkappan var varm och lämplig även i mars. Från Brunnsparken promenerade hon långsamt mot kaféet på Korsgatan och tänkte på mejlväxlingen. Hon hade föreslagit att de skulle träffas, det här skulle bli den fjärde mannen hon träffade i verkligheten. Det var inte lätt att hålla reda på hur många som hon hade haft kontakt med, en del skrev en gång och inte mer, andra flera mejl innan det plötsligt upphörde.

Fyra män hade hon skrivit till under en längre tid. Mannen hon nu skulle träffa hade hon mejlat i nästan fyra veckor, därför tänkte hon att det var dags. Kanske var mannen den siste hon skulle träffa, eftersom hon hade tröttnat på nätdejtande. Att lägga så mycket tid varje dag på att svara på meddelanden, hitta nya män, bli hittad av andra och det ändå inte stämde eller blev något mer än ett enda möte. Dessa förväntningar och förhoppningar och för att inte tala om besvikelser tog hennes kraft och energi.

Behövde hon verkligen träffa någon och ha en varaktig relation? Var det inte bra som hon hade? Men samtidigt ... borde hon nog som Sylvia aktivera sig, som hon gjorde förr innan hon blev pensionär och innan skilsmässan. Men inte körsång. I stället fylla sina dagar med upplevelser och nya intryck, i alla fall få mer intressanta dagar än dem hon hade. Kurskatalogen på nätet var första steget mot ett nytt liv. Hon suckade och rundade hörnet, Södra Hamngatan till Korsgatan. Vilken konstig mejlväxling det hade blivit med den här mannen hon skulle träffa idag. Hon hade föreslagit att de skulle träffas klockan 17.00 och då hade han föreslagit att de skulle fika. Hon kontrade med att så sent fikade hon inte, utan behövde mat och hade föreslagit en spansk restaurang nära Brunnsparken. Hon hade tänkt att med smårätter, tapas, kunde de prata i lugn och ro och det var en enkel, billig restaurang. Han hade svarat att fika räckte alldeles utmärkt för honom och att han inte var hungrig klockan sjutton. Han hade föreslagit ett kafé på Korsgatan så kunde var och en ta det som den ville. Motvilligt hade hon accepterat ett kafé men undrat för sig själv om hans inställning till mat, även om han var envis och inte kunde ta hänsyn till andra. Träffen började inte bra, konstaterade Marita, men det var nog sista gången ändå.

Gunnar stod vid kaféet, tio minuter innan utsatt tid. Blåsten drog igenom Korsgatan som om den skulle rensa upp gatan från skräp. Han frös inte, men tryckte ner kepsen hårdare för att den inte skulle fångas av vinden. Han tänkte på den tiden när han och Ann-Margret hade segelbåt, ju friskare vind desto bättre seglats. Men Ann-Margret hade varit rädd när vindstyrkan ökade för mycket och vägrade följa med om det fanns risk för kuling. Lösningen blev vännerna som hängde med, oftast Bengt som gillade fart och fläkt.

Kvinnan som han hade mejlat till ville att de skulle träffas på restaurang med tapas, smårätter. Inte bra, tänkte Gunnar, tapas var ingen riktig mat, det blev man heller inte mätt på. Dessutom om han skulle ha gått på restaurang med alla kvinnor som han hade träffat, träffar som inte hade lett till något varaktigt, skulle det ha blivit onödiga kostnader, särskilt om kvinnorna förväntade sig att han som man skulle betala.

Ingen av de sju kvinnor som han hade träffat i verkliga livet motsvarade det han hade förväntat sig, det hade inte stämt med någon. Att hantera Excelförteckningen krävde ständigt underhåll, den var numera kompletterad med mötesplatsceller, datum och tid samt en sammanfattande bedömning av respektive kvinna. Vad gjorde han förr hela dagarna, när han inte höll på med att svara på mejl, chatta, hantera Excelförteckningen och träffa kvinnor? Märkligt!

När Marita närmade sig mötesplatsen, som var utanför kaféet vid entrén, såg hon en man, den ende som stod vid skyltfönstret och förstod att det måste vara han. Tveksamheten tilltog, varför utsatte hon sig för detta? Igen? Ännu en gång sitta med en främmande människa och prata om väder och vind. Därefter inte ses mer och två timmar som hon kunde ha använt till något annat. Tanken slog henne, om hon gick förbi – passerade som vem som helst, skulle hon kunna vika av in på Drottninggatan och åka hem, ta ett glas vin, lite god mat och koppla av framför tv:n.

Hon drog ner mössan så att den var vid ögonbrynen och gick långsamt förbi som om hon fönstershoppade. Hela tiden tittade hon i skyltfönstren på motsatta sidan om kaféet, med förhoppning om att han inte skulle känna igen henne från den enda, något suddiga bilden, avsiktligt vald, som hon hade lagt in på dejtingsidan.

Gunnar såg en kvinna på håll, som eventuellt skulle kunna vara hon. När hon närmade sig honom, kände han igen henne från bilden. En ovanligt dålig bild hade han konstaterat, men tänkte att hon kanske hade en gammal mobil med den tidens kamera. Han stod still och följde henne med blicken. Plötsligt fortsatte hon förbi honom utan att titta åt hans håll. Vad innebar detta? Var det inte vid skyltfönstret som de hade sagt? Tvärsöver? Eller skulle hon gå? Med långa kliv gick han ifatt henne, hejdade lätt med handen på kapparmen och fick henne att stanna upp. Hon vände blicken mot honom, en blick som visade tveksamhet.

"Gunnar, jag antar att du är Marita?"

Hon log svagt och tog av sig mössan. Han lyfte av sig kepsen. Det slog honom att hon inte borde gömma sitt ansikte bakom en stor, grå mössa.

"Ska vi gå in", frågade Gunnar och gick steget före in på kaféet. Han brydde sig inte om att invänta hennes svar utan tågade före och antog att hon kom med. Han kikade i smyg bakåt för att se att det blev så.

Det var varmt inne på kaféet. Den sötvarma lukten av nybakade bullar, kakor och bakverk slog emot dem, kanel, kardemumma, vanilj och mandeldoft i en skön blandning. Hon drog ner kedjan i kappan, slet av sig halsduken för att inte få en värmevallning och gick bakom honom till disken. Hon noterade hans resliga, raka kropp och tänkte att han i alla fall såg trevlig ut och smärt. En sådan man som hon hade velat gå bredvid och känna sig stolt över. Hur lång var han? Inte lång som Bosse som var etthundranittiotre centimeter, kanske en decimeter kortare.

Gunnar tog en bricka och frågade henne om de skulle ta varsin bricka. Ja, svarade hon, det var nog bäst så. Gunnar tänkte att det var ju bra att hon inte automatiskt tyckte att det var han som skulle betala, som man. Inte att han var snål, det var mer en principsak att okända människor ville han inte betala för.

Hon tänkte att det var rart av honom att fråga, som om de var ett par, som skulle kunna ha en gemensam bricka. Gunnar tog en rostbiffsmörgås och en lättöl. Marita tänkte att det där måste väl ändå kosta ungefär samma som om de hade gått på restaurang? Marita hade svårt att bestämma sig, men tog en räksmörgås och en cider.

I första rummet var alla borden fullsatta, ett dämpat sorl av röster hördes, i det andra rummet fanns lediga platser. De slog sig ner vid ett runt mörkt bord, som var en bit från de andra upptagna borden. Stolarna var mer som fåtöljer, men mindre och i konstläder. Gunnar frågade om hon hade varit där tidigare. Ja, svarade Marita med tyngd, det är nog det finaste kaféet i Göteborg. Gunnar nickade allvarligt och höll med, glad över att det var han som hade föreslagit stället. Han kikade i smyg på Marita när hon koncentrerat skar i räksmörgåsen, mån om att inga räkor skulle ramla av den vackra skapelsen. Citronskivan föste hon försiktigt åt sidan, som om den var ömtålig.

Det var ingen tvekan, han kände sig som slagen till marken, något stort växte inom honom, som han inte kunde styra över. Det han objektivt kunde konstatera var att hon var söt, kunde föra sig, målade sig inte så vitt han såg och pratade *inte* för mycket. Tankarna gick till det han tidigare tänkt om att lärare inte var något för honom, utgående från den ryska läraren, kraftigt målad, med en enorm svada och troligen van att styra. I den här kvinnans sällskap kände han sig lugn och harmonisk.

Hennes fräknar var nog det som frapperade honom mest, så nätta och fint runda och fick henne att stråla som en sol. De jämna rynkorna runt ögonen liksom runt munnen när hon log var som fina penseldrag som förstärkte ett vackert, åldrat ansikte. De bruna halvlånga lockarna låg mjukt runt hennes smala ansikte, som en snirklig antik tavelram.

Gunnar harklade sig och Marita tittade upp på honom och samtidigt märkte han att hjärtat slog *för* fort? Munnen blev torr, han tog en mun lättöl innan han frågade: "Det var bra att du frågade om vi skulle träffas, jag är nog lite trög med sånt här. Har du hållit på länge?"

"Nej, sedan slutet av januari, jag känner mig inte så van", sa Marita och skrattade lätt.

Hennes skratt föreföll honom som en ljum sommarvind och hennes leende var nog det vackraste leende han sett på länge.

Hon såg på motsatta sidan om bordet en man, smärt kanske på gränsen till mager, ett manligt ansikte med bred haka, något fyrkantig ansiktsform, bred panna och markerade kindknotor, lång rak näsa och bruna vackra ögon. Han var attraktiv, på ett sätt som Lars aldrig hade varit, konstaterade hon. Han såg snäll ut och även som en som hade ordning på saker. En svag doft nådde henne, var det hans rakvatten? Lars använde sällan rakvatten, den här doften var ny, fräsch och god, men ändå diskret. Själv hade hon ingen parfym på sig, skulle inte kunna tänka sig det, kanske skulle det inbjuda till tankar om möjligheter.

Det som slog henne var att det kändes som, trots att de sågs för första gången, att de kände varandra ganska väl. Från allt mejlande och chattande fyra veckor tillbaka hade de följt varandras dagliga liv och beskrivningar av det som hade hänt tidigare. De kunde varandras yrken och värderingar, men det fanns naturligtvis annat som behövde utforskas. De småpratade lugnt, ibland var det tyst, men inte besvärande tyst. Någon gång blev hon orolig, var hon för tråkig, blev det för tyst ibland, borde hon ta mer initiativ till att prata mer?

Han tittade på klockan och såg att de hade suttit i två timmar. Han såg sig runt, de flesta av borden var tomma, det närmade sig stängningsdags. Några nya gäster hade kommit sent, men verkade vara på väg ut med jackor som togs på – bara de satt kvar. De tomma glasen på deras bord och de majonnäskladdiga tallrikarna såg ensamma ut, en ensam citronskiva på en av tallrikarna skvallrade om att det hade varit en räksmörgås innan.

Han önskade intensivt att det trevliga *inte* skulle ta slut och att hon skulle gå sin väg. Känslan var så övertygande om att fortsätta umgås med denna synnerligen trevliga och vackra kvinna, men hur? Personalen plockade undan från borden runt om och de sista gästerna försvann ut. Kaféet skulle strax stänga och han fick panik.

"Ska vi gå någon annanstans? Ta ett glas vin? De verkar stänga strax", sa Gunnar och höll andan för svaret som skulle komma.

KAPITEL 10

Han kunde andas ut.

"Ja, det gör jag gärna … vart ska vi gå? Inte för långt, det är kallt idag", sa Marita.

Situationen kändes märklig, egentligen skulle hon vid denna tid vara hemma och se dokumentären om kanalresor i Frankrike och England. Sitta uppkrupen i soffan med yllefilten runt sig och längta efter att resa i väg, få upplevelser och intryck. Men nu satt hon här, med en artig, belevad och attraktiv man, som hon direkt kände tillit till, som hon hade följt med som en självklarhet in till kaféet. Det förvånade henne också att hon inte kände någon som helst tvekan om att fortsätta kvällen med honom.

"Jag är inte van vid att gå ut, jag känner mest till bowlingrestauranger", urskuldade sig Gunnar. "Alltså dit jag går med mina vänner, vi bowlar. Har du något förslag?"

Det stod still i huvudet hos Marita, hon tänkte på de ställen som hon hade varit på med väninnor. Nu behövdes något annat, där de kunde sitta mer i ostördhet. Hon kom att tänka på ett ställe som hon ofta hade passerat, slängt nyfikna blickar in genom de stora fönstren. Ett hotell nära Drottningtorget, där det fanns vackra soffor och låga bord och gott om plats. Inte ville hon att någon skulle kunna lyssna och förstå att hon, den mogna kvinnan, var ute på dejt.

De var sist med att gå ut från kaféet. Den unga kvinnan vid kassadisken följde dem ut. Ett rart leende låg på expeditens läppar när hon låste efter dem. De gick den korta sträckan till Drottningtorget. Inne i hotellbaren slog ett dämpat sorl emot dem. Det var som att komma in i en kyrksal, lugnt och högt i tak. Där satt huvudsakligen män, antagligen på tjänsteresor eftersom de var kavajklädda. Fem kvinnor satt nära baren vid ett bord och hade roligt, minerna glada och spridda skratt kom sporadiskt.

Gunnar och Marita valde ett bord långt bort från baren och satte sig i varsin mjuk, tygklädd svart fåtölj med ett svart runt bord mellan sig. På bordet stod en värmelykta som lyste svagt och ett metallställ med drinklistan i glada färger i kontrast till annat runt om som var mörkt färgat.

Gunnar frågade Marita vad hon ville ha att dricka och sa direkt att han ville bjuda. Hon svarade att ett glas rött skulle nog vara gott. Gunnar log uppskattande, glad för att få bjuda henne, en fin vacker kvinna. Det här var något annat än att gå på dejter med den ena kvinnan efter den andra som han inte fann tycke för.

Marita såg länge efter honom där han gick med raska steg mot bardisken, som om han hade ett brådskande ärende. Bartendern höll på att hänga upp glas ovanför bardisken när Gunnar var framme vid disken. Att bli bjuden skulle hon normalt ha tackat nej till – men här och nu – med denna man som också blev tacksam för att hon tog emot – kändes det rätt. När han vände sig om för att gå tillbaka vände hon blygt bort blicken och tittade mot andra sidan, där de höga gröna växterna stod i räfflade, svarta, stora krukor.

Gunnar gick försiktigt, lyckades hålla de två glasen i ena handen och en skål med nötter i andra utan att någon droppe eller någon nöt hamnade på golvet. Han såg att Marita tittade åt ett annat håll och passade på att betrakta henne. Hennes profil var som en grekisk gudinnas. Hon satt rak i ryggen, så nätt och lugn. Hade hon tränat gymnastik tidigare i sitt liv? Det hade hon inte nämnt, bara om promenader och gymträning och handboll som ung. Han önskade att han hade tränat något, mer än korta promenader till affären. Han visste, med den känslan som var i kroppen, att han var förlorad, han hade blivit drabbad som av blixten. Så här trevligt hade han heller inte haft på länge, måtte inte kvällen gå för fort bara.

"Jag hittade detta Toscanavin, ett favoritvin för mig. Druvan är också en favorit, sangiovese. Hoppas du tycker att vinet blir bra?" sa Gunnar och kunde inte dölja en oro för att han bara hade utgått från sin egen smak. Viner hade de inte diskuterat i mejlen, mer än att båda tyckte det var gott med rött vin till maten och att han gillade öl, som hon inte var lika förtjust i, men gärna drack när det var varmt ute.

"Gillar du nötter?" frågade Marita och tittade på skålen med jordnötterna som glänste av oljan och salt på ytan.

"Förlåt, det fanns bara jordnötter att beställa. Jag gillar jordnötter, kanske för mycket, ibland en skål varje kväll", sa Gunnar och skämdes.

Det var inte bara snus som hade blivit en ny vana, även en skål med jordnötter stod på vardagsrumsbordet på kvällen vid nyheterna och ibland ett glas öl liksom whisky. Hon var på väg att säga att nötter både var salta och feta och inte nyttiga. Hans magra kropp fick henne att inse att det nog var bra att han åt feta nötter. Det plingade till i en mobil, och Gunnar tog den besvärat ur jackfickan. Han tittade snabbt och log.

"Jag har fått sms med bilder på Linnea och Gustav, mina två yngsta barnbarn. Vill du se?"

Hon såg två små barn, utklädda till troll och med målade ansikten. Dagiset hade en trolldag och föräldrarna fick hämta sina telningar utklädda. Det var bra att de båda hade barnbarn. I denna stund, när hon såg Gunnars barnbarn, kändes saknaden efter när de var små, spontana och älskade henne villkorslöst. Nuförtiden var de mer reserverade och kramarna blev färre. Skulle hennes Håkan någonsin träffa någon kvinna och få barn? Snart fyrtio år gammal men det var väl ändå inte för sent, tänkte hon ängsligt.

"De är söta i den åldern", kommenterade hon.

De pratade en stund om sina barnbarn, om glädjen att ha dem, deras livsgnista och att de inte krånglade till allt som vuxna gjorde. Sina vuxna barn hade de berättat om i mejlen, det var inget de behövde dryfta om just i denna stund. Det som också var självklart utan att det behövde nämnas, var att inte prata om partnern som de tidigare hade levat tillsammans med. Timmarna gick, de samtalade mjukt, allvarligt och ibland bröts det av med lågmält skratt. Marita tittade på klockan och höjde ögonbrynen.

"Det är nog dags för mig att åka hem. Jag tar bussen och vill inte åka för sent", sa Marita, kände sig tråkig men någon gång måste hon ju åka hem.

Nej, nej! Inte ännu, tänkte Gunnar panikslaget, kvällen hade varit fantastisk. Han ville inte åka hem till ensamheten, ville inte att det trevliga skulle ta slut. Ville inte lämna samtalet med den underbara kvinnan. Han tänkte desperat och sa:

"Vill du komma hem till mig – jag har några dessertostar hemma och kex."

Det var tur att Lena, äldsta dottern hade kommit hem med några goda ostar när hon i veckan spontant hade tittat in till honom, på vägen till sjukhuset. Lenas avsikt var tydlig – att få honom att lägga på sig med de feta ostarna.

Marita blev villrådig. Vad hade han för avsikt? Sex? Han hade verkat så belevad och trevlig. Dessutom var det sent redan.

"Neeej, jag måste hem." Hon såg hur besvikelsen drog som en mörk slöja över hans ansikte. "Jag kan komma en annan kväll, ta med mig ingredienser och vi kan laga mat tillsammans … om du vill?"

"Ja, gärna. Kan vi ta det i morgon kväll?" sa Gunnar och ångesten som hade kramat hans hjärta hårt en stund försvann.

"Imorgon blir bra, jag tar med mig allt som behövs, men om du har basingredienser hemma räcker det, som smör, mjöl, matolja och kryddor."

De promenerade till Brunnsparken, nära varandra. Gunnar tog initiativet till en kram när de skiljdes, trots vinterkylan kände han hennes mjuka och varma kropp. Det var som om närheten värmde som ett extra element. Marita hoppade på bussen och när hon satte sig ner såg hon honom gående uppför Kungsportsavenyn med raska, energiska steg. Skulle det kunna bli så att de en dag vandrade gemensamt uppför Avenyn?

Gunnar bestämde sig för det ovanliga, trots den sena timmen, att promenera hela vägen hem. Det var som om han fylldes av en ny, kraftfull energi. Stunden hem behövdes också för att bearbeta det som hade hänt, alla intrycken och minnas allt de hade samtalat om, minnas hennes svar och de frågor hon ställde till honom.

Det var tomt i bussen, förutom ett ungt par som satt tätt omslingrade. Tankarna gick tillbaka till mannen hon hade träffat. Det hade lika gärna inte kunnat ha hänt. Hon hade ju börjat tröttna på nätdejtandet som inte ledde till något. Närapå gått förbi honom. Här satt hon på bussen, med en märklig känsla och pirret i kroppen. Det spontana infallet förvånade henne, förslaget att åka till honom och laga mat tillsammans, efter bara en kväll och det utan att känna någon rädsla. Hade hon tappat förståndet? Hon var heller inte besvärad över förslaget som spontant hade kastats ur henne, det var som självklart.

Spänningen steg under bussfärden hem, vad för middagsrätt skulle de laga? Hade han vin hemma? Vin skulle hon inte ta med sig, det borde finnas, han verkade kunnig om vin och säker på vad han gillade. Middagen fick vara enkel, inte för många ingredienser, men garanterat god. Hur skulle hon klara av att somna denna kväll, när tankarna for runt som elektriskt laddade blixtar i kroppen?

KAPITEL 11

Två timmar av vånda och intensivt funderande. Läsa tidning en stund för att distrahera sig. Kaffestund och titta ut genom fönstret, slutligen en promenad i hög takt för att få i gång kreativiteten och få styr på tankarna på mannen som hon hade träffat. Så svårt det var att bestämma sig för vilken middagsrätt. Inte för krånglig – skulle kunna tillagas ganska snabbt. Inte för omfattande ingredienser – allt skulle bäras dit. Inte för fint – att det blev stelt. Inte för dyrt – att han blev tvungen att motsvara vid annat tillfälle.

Klockan halv tolv på förmiddagen stod hon äntligen i kassakön med korgen. Lade upp på bandet: lövbiff, enbär, grädde, sallad, tomater och en gurka. Resten som behövdes, gelé, timjan och soja hade hon hemma. En snabblagad gryta skulle det bli.

En sådan natt det hade varit! Det tog ett bra tag innan sömnen infann sig, därefter vaknade hon varannan timme. Sömnen blev sammanhängande först den sista delen av natten, men hon vaknade för tidigt, det också, med en lätt oro. Efter affären promenerade hon raskt hem, tog en omväg, den friska luften behövdes för att få huvudet klarare och minska spänningen i kroppen. Gunnar hade ringt klockan tre på eftermiddagen och frågat om han fick möta henne, men hon sa nej, hon skulle säkert hitta utan problem.

I ena handen höll hon den svarta tygväskan, handväskan hängde över vänster axel, i andra handen den bruna papperspåsen med matvaror och en lös papperslapp med adress och telefonnummer. På vänster sida av entrédörren vid markplan fanns den svarta tavlan med alla dörrknapparna, efter letande bland namnen hittade hon

Gunnar. Bra att det fanns hiss, tänkte hon, det blev en viss tyngd även om det var lätta saker som var nedpackade.

I den svarta tygväskan hade hon packat en extra varm tröja, ifall han hade lika kallt som hon hade det hemma. Där fanns också innetofflor, ifall det var kallt och hårt på golvet som det blev med stengolv, om nu det fanns. I väskan låg också – ett nattlinne och necessären. Om det skulle bli sent och om det skulle kännas lämpligt – så hade han kanske en soffa som hon kunde övernatta i eller ett gästrum.

Klockan var precis sjutton när dörren öppnades på tredje våningen och där stod han, reslig och log med ett leende som inte upphörde, med glittrande bruna ögon. I slitna innetofflor av skinn, ljusblå nystruken finskjorta och mörkblå byxor utan veck. Utan att hon hann förstå det som hände, fick hon en snabb kram som kändes självklar. Han hjälpte henne av med kappan och hängde den på en galge i hallen, där bara en jacka hängde. Han ställde fram en pall, om hon ville sitta för att få av sig skinnstövlarna, det ville hon. Hans gester och bemötande fick henne att känna sig välkommen och efterlängtad. Kanske borde hon ha tagit med sig något, som en blomma. Men å andra sidan hade hon ju tagit med sig det som behövdes till middagen.

"Vi ska väl gå husesyn", sa Gunnar glatt med stegen före till köket.

I köket lämnade hon papperspåsen med matvarorna på köksbänken. Köket var smalt, i alla fall den delen med skåp, köksbänkar och vitvaror, resten av köket, vid fönstret var som en fyrkantig stor öppning med bord och fyra stolar. Köksfönstren var stora och tog in mycket ljus, två pelargonier utan några blommor fanns i fönstret och Marita tänkte att de borde ha sett piggare ut. Blev det tillräckligt med vatten och näring?

Vardagsrummet var stort. Hon häpnade över utsikten från fönstren, att se stora delar av Göteborg, när hon från sitt radhus enbart såg radhus mittemot. Närmast fönstret fanns ett runt antikvitt matsalsbord, med snirklade ben och fyra beige tygklädda stolar. I andra änden av vardagsrummet stod en hörnsoffa i rostbrunt skinn och ett vardagsrumsbord, med kopparliknande skiva på med ingraverat mönster i snirklade former. Vid långsidan av rummet stod bokhyllan, också den rostbrun, med en mittendel som var glasvitrinskåp med glas och ställ för whiskyflaskor och enstaka likörer. Där fanns också ett ställ för sex flaskor med rött vin.

De gick vidare till arbetsrummet, där ena sidan bestod av bokhyllor, fulla med böcker, pärmar och boxar. Ett stort hörnskrivbord fanns, med datorutrustning men i övrigt rent. Att Gunnar var strukturerad och ordningsam var inte att ta miste på, tänkte Marita, det gladde henne, det var en bra dygd. Det sista rummet var sovrummet, stort och med balkongdörr som var på glänt. Dubbelsängen upptog större delen av rummet, ovanpå låg ett vitt virkat överkast och färgglada kuddar. Hon gick snabbt ut ur rummet, ville inte uppehålla sig för länge för tankarna gjorde henne något generad.

När hon gick ut från sovrummet kom hon fram till att det inte verkade finnas ett gästrum, skulle det gå att sova i skinnsoffan? Det fick bli en senare fråga. Gunnar frågade om hon ville ha ett glas vitt vin innan middagen och hon tackade ja direkt. Den hjälpen behövde hon för att få blygsel och nervositet under kontroll.

Gunnar hade haft svåra timmar innan hon dök upp. Tänk om hon inte kom? Därför ringde han klockan tre på eftermiddagen för att fråga om han skulle möta henne. Lättnaden var stor när han förstod att hon faktiskt skulle komma.

När hon tackade ja till ett glas vitt vin blev han glad, fick ta fram det utmärkta Alsacevinet som han hade sparat för det speciella ögonblicket och hällde upp i två vinglas. En riesling, från 2014, med svag sötma som passade som aperitif. Välkommen, sa han ännu en gång, när de båda läppjade på vinet.

Han tänkte oroligt på vad som krävdes av honom när de skulle laga mat tillsammans. Inte för att han var okunnig om matlagning, men däremot inte på de höga kulinariska nivåerna som han misstänkte att hon befann sig. Han frågade, utan att avslöja sin farhåga, om vad han skulle hjälpa till med.

Marita sa att det var ett enkelt recept, bara att blanda ihop, rödlöken var det som krävde mer och den hade hon hackat hemma. Grytan behövde bara kokas ihop i cirka tio minuter. Om han kunde koka ris och duka upp, tog hon hand om varmrätten. Hon smålog utan att han såg det, när han tog fram tallrikar, och sa lugnt: "Det är bättre om du börjar med riset som tar längst tid och sen dukar."

Marita tänkte att precis så gjorde hennes förra man, gjorde det snabbaste och lättaste först, om inte hon sa till. Hon ställde sig vid arbetsbänken, tog upp råvarorna ur papperspåsen och placerade dem på rad. Hon hade trott att han skulle duka upp i vardagsrummet eftersom han gick in där. Så blev det inte, ett stråk av besvikelse drog över henne, samtidigt intalade hon sig att det nog var mindre risk för att middagen skulle bli stel och med tystnad. Han kom tillbaka med en flaska rött vin och ställde den mitt på bordet. Därefter tog han fram två glas och hällde upp vin, först därefter satte han på riset och dukade klart i köket.

Dofterna av timjan och enbär från grytan omslöt dem, men det blev varmt i köket. Från plattorna kom värme och fukt från det kokta riset och grytan som puttrade, trots att fläkten stod på. Marita kände värmen stiga inom sig och frågade om inte Gunnar var varm. Han bekräftade och öppnade vädringsfönstret. Frisk kall luft kom in som trängde undan den varma fuktiga luften.

"Så gott det är! Du är verkligen duktig på matlagning", berömde Gunnar mellan tuggorna.

"Jag lovar att du hade gjort det lika gott", sa Marita med dold förtjusning. "Det är ett enkelt recept och alla recept med grädde blir gott, det är omöjligt att misslyckas."

Marita såg hur han njöt. För varje gaffel där mat fördes in i munnen, blundade han kort. Han såg ut att behöva mat men också god mat. Hon var glad för att ha valt receptet med mycket grädde.

Gunnar tänkte att om han hade varit ensam, skulle han gärna ha tagit extra av grytan, men framför allt av den goda såsen och med skeden skrapat upp de sista spåren på tallriken. Att enbär kunde smaka gott och göra så mycket för smaken i grytan fascinerade honom. Så här smakrik och god mat hade han inte ätit på länge, det var inte ens lika gott hos barnen på deras middagar.

Tallrikarna var tomma, men vinglasen var åter fyllda med vin. De satt kvar vid bordet och pratade, ingen ville bryta stämningen och samtalsämnena. Det som var härligt var att de kunde gå från skratt till djupaste allvar. Växlingarna gled snabbt över utan att det kändes fel. De pratade om att vara äldre, att livet var till låns, att veta att inget varar och att inte ta livet för givet.

Gunnar berättade om när han blev pensionär, att det var en stor omställning, att inte längre ha någon yrkesidentitet och att förlora sin sociala status. Marita sa eftertänksamt, även om åldrandet i vissa fall kunde innebära förluster av hälsa och relationer, följde samtidigt större frihet från plikter och krav och en annan möjlighet att styra sitt liv utan att vara beroende av andra.

"Tänk vad den yngre generationen strävar efter att jaga karriär, framgång, lycka, materiellt – allt det slipper vi. Vi behöver inte ha bråttom till morgondagen utan kan stanna mer i nuet", sa Marita.

Gunnar log och sa eftertänksamt: "Vad säger du om det här … även om synen blir sämre blir vi mer klarsynta."

"Det var fyndigt" sa Marita med ett skratt. "Oj, så filosofiska vi har blivit!"

"Vill du ha espresso?" frågade Gunnar. "Vi kan ta det i vardagsrummet. Tyvärr har jag inget till, inga kakor, ingen efterrätt … förresten, jag har nog en chokladkaka som jag fått av min dotter. Hon försöker alltid göda mig."

De såg en dansk film, efteråt satt de kvar i soffan och pratade om filmen. Det var mysigt, tänkte Marita, så här var det sällan för henne och Lars. Lars var bedrövlig på mat, därför blev det att hon lagade och han tog hand om disken efter. Hon fick se film själv, han ville se andra typer av filmer eller tävlings- och sportprogrammen, det var därför de hade två tv-apparater.

Det stod klart för henne att den här mannen som hon hade framför sig, honom ville hon fortsätta träffa. Han var trevlig, lättsam och allmänbildad men det som övertygade henne var annat. Hon kände en stark attraktion, kroppen svarade på ett sätt hon inte kände igen eller hur var det när hon var ung? Han var vacker med sina breda axlar och ståtlig med längden och den raka hållningen. Det manliga ansiktet med markerade kindben och de bruna livfulla ögonen hade hon svårt att slita sig från. De hade inte rört varandra under hela kvällen, förutom den hastiga kramen när hon kom. Det var bra, samtidigt som hela hennes kropp längtade efter en mjuk beröring. Plötsligt insåg hon att klockan var ett. Åka hem mitt i natten ville hon inte, ta taxi kanske eller sova över?

"Tiden har gått fort, det har varit trevligt", sa Marita. "Jag ..."

Mer än så hann hon inte säga förrän Gunnar avbröt henne.

"Du får gärna sova över, du kan ta sängen, jag tar gärna soffan."

"Inte ska jag ta sängen, vi kan väl båda sova i den."

Orden bara ramlade ur hennes mun. Hon rodnade, trots sin ålder kände hon sig som en tonåring. Tänk om hennes barn hade hört henne, de hade undrat om hon blivit tokig.

"Det är okej för mig, inga problem, vi är vuxna ..." Gunnar tystnade och kliade sig i huvudet. "Du får säga till mig vad du behöver ... handduk ... och annat."

En stund senare, med mörker i rummet, låg Marita på ena sänghalvan och väntade på Gunnar. Hon drog in den svaga doften av tvättmedel med parfym från sängkläderna, också ett plustecken på den här mannen med renligheten, men hade han tänkt att hon skulle sova över? Marita låg i sitt finaste nattlinne, i siden, det som hon hade när hon reste, vitt men fullt av blå små blommor, troligen blåklockor. Hon hade belåtet noterat, innan hon släckte i sovrummet, att Gunnar hade två böcker på sitt nattduksbord, en tidskrift, glasögon, penna och papper. Hon hade själv hemma en hög med böcker på sitt nattduksbord. Inte så sällan läste hon två böcker samtidigt, en på svenska och en på tyska. Att ha varit lärare i de två språken gick inte ur.

Gunnar kom efter en stund, i mörkret och lade sig bredvid henne på sin sänghalva. Det gick inte att komma ifrån att hon kände sig obekväm, att vara nära en man hon hade träffat bara i ett dygn. Snabbt tog hon upp ett samtalsämne som hon visste att de hade haft under mejlväxlingen, om resor de gjort tidigare. Hon frågade honom vad han hade för önskeresa framöver. Hon kunde nästan höra hur han log, när han beskrev vyer från den italienska kusten, det kuperade bergslandskapet och om vinodlingar inne i landet. De småpratade om resor och Marita blev lugnare.

Gunnar kände det ofattbara, att han vid sin sida hade en fantastisk kvinna, söt, klok och med ett leende som bara tog honom rakt upp och ner. Var detta sant, kunde det få vara så här bra? Han visste att han var kär. Redan på kaféet igår var det tydligt för honom att han ville ha henne. Nu låg hon här vid hans sida, de lätta andetagen lät som ljuv musik. Att hon ville sova över hos honom hade gjort honom lycklig och samtidigt orolig, förväntade hon sig något, sex var absolut inte hans avsikt.

De fortsatte prata och klockan blev två. Maritas gäspningar tilltog och hon sa att det nog var dags att sova. Att somna var inte lätt, Gunnar bytte från den ena sidan till den andra. Ett tag lyssnade han spänt om hon sov och trodde det, hon låg stilla, men plötsligt rörde hon sig och han förstod att hon också var vaken. Gunnar tittade på klockan som låg vid nattduksbordet, den var tre och fortfarande hade ingen av dem somnat, hur skulle den här natten sluta?

Marita hörde hans rörelser, kroppen som vred sig som en mask. Själv försökte hon ligga så still som möjligt, men det blev plågsamt efter hand när kroppen ville byta ställning. Trots alla gäspningar som tydde på att hon var trött, var det omöjligt att somna. Våndan ökade av att bara ligga där, spänd och kanske förväntansfull. Tankarna växte om den uteblivna sömnen och hur besvärlig nästa dag skulle bli. Till slut bestämde hon sig. Hon kröp över till hans sida utan att säga något.

Han slutade andas, tog sin arm runt hennes axlar, hon lade sitt huvud på hans bröstkorg som höjdes och sänktes. Med lätta fingrar rörde hon ovanpå hans t-shirt, han var mager, revbenen var som berg och dalar. Hon lät sedan fingrarna vila stilla. Stackare, tänkte hon, han behöver mat.

Han smekte henne försiktigt på ryggen ovanpå nattlinnet. Hon smekte den magra bröstkorgen ovan t-shirten. De njöt ljudlöst. Hon avbröt, satte sig upp i mörkret, i tystheten och tog av sig nattlinnet och lade sig ner. Han gjorde i tysthet samma med sin t-shirt. Därefter försiktigt, lärde de sig varandras kroppar, berörde och smekte. Han följde henne som i en dans för att läsa av nästa steg, de älskade mjukt och han väntade in henne, lät henne få komma till njutning först, innan honom. Efteråt låg de flämtande, svettiga hopslingrade, med en känsla av att det här var början på något stort.

På morgonen vaknade Marita först. Inte för att hon var utvilad, mer för att ljuset lyste starkt in i rummet. Himlen var blå, inte ett moln syntes, en vacker morgon som fyllde henne med förväntan. Klockan var halv tio, tre timmar senare än hon normalt gick upp. Hon tittade på den vackra taklampan som hon inte hade sett kvällen innan, en rundad blästrad glaskupol med bladliknande mönster. Hon tänkte på kvällen och natten. Att det skulle sluta så här, det fanns inte i hennes vildaste fantasi och att hon skulle ta initiativ både till att träffas och att älska. Tänk om barnen hade vetat om detta? Det skulle de aldrig få veta, om att hon, deras mamma, gick i säng första kvällen – eller räknades detta som andra kvällen? Han rörde sig, vände sig mot henne och log med sina vackra bruna ögon.

"Godmorgon min sköna, det har inte blivit mycket till sömn", sa han fortsatt leende, "men vad gör väl det i detta läge, med en vacker dam vid sin sida?"

Marita skrattade till, glad av hans komplimang, glad av att se honom. De kramades och småpratade om natten och om första kvällen på kaféet. Marita blev allvarlig och sa: "Jag undrar – jag kanske var för tyst … jag menar första kvällen. Jag fick tunghäfta ibland. Konstigt, jag brukar inte ha problem att prata", sa hon och tittade djupt i hans ögon.

"Nej, absolut inte, jag märkte inget. Du är helt perfekt", försäkrade Gunnar allvarligt. "Jag har svårt för människor som pratar konstant. Jag har varit på några dejter där kvinnorna har pratat hejdlöst mycket och det är som om de äter upp mig. Jag får panik. Det får vara tyst ibland, det är skönt, vi pratar lagom, avspänt. Jag känner mig lugn och trygg med dig."

Marita log. Bra att hon visste hur han hade upplevt när hon tystnade. Det förvånade henne, att just med Gunnar, men inte med de andra männen hon hade träffat, hade hon drabbats av blygsel och osäkerhet. Var det för att Gunnar kändes viktig, att hon blev rädd för att de inte skulle träffas mer?

"Vad hungrig jag är", sa Marita, "hörde du min mage?"

"Absolut, jag förstår vinken. Nu ska min sköna få frukost så att hon mår så bra som möjligt."

Sista biten hem med bussen kom huvudvärken. Efter morgonens frukost hade hon stannat kvar i några timmar, de hade suttit i köket. Han sa att hon gärna fick vara kvar, de kunde gå ut på promenad, men hon sa att hon måste hem. De bestämde ny dag och tid – hemma hos henne och en skogspromenad.

Inne i sitt hus i Askim gick hon till badrummet, behövde ta en värmande dusch för den trötta kroppen. En svag angenäm doft av Gunnar kunde hon förnimma från sin nakna kropp. Hon blundade och drog in doften en lång stund, huden knottrade sig. Hon stod länge i duschkabinen, de heta strålarna var vederkvickande för en utmattad kropp. Tankarna virvlade runt, om igen, det var som om hon upplevde minnet från gårdagen i en ständig repris. Det som hade hänt de senaste två dagarna var det mest fantastiska hon varit med om på många, många år, förutom sina barn förstås. När hon drog på sig morgonrocken och knöt skärpet avbröts hon av en ringning.

KAPITEL 12

Hans röst var glad och förväntansfull. "Hej mamma, jag var förbi igår kväll, men du var inte hemma." Håkan tystnade och väntade. Marita brukade ofta vara hemma när han kom på sina spontana besök. "Eftersom det var sent tänkte jag att du kanske var hos en väninna, därför ringde jag inte." Vilken tur att han inte hade ringt, tänkte Marita. Normalt var hennes övertygelse att det alltid var bättre att tala sanning, men inte denna gång. Det var för tidigt i relationen, ännu kunde hon inte vara säker på hur det skulle gå efter att bara ha träffat Gunnar i två dygn, även om det kändes fantastiskt bra redan.

"Det stämmer, jag var inte hemma", sa Marita och tillade snabbt. "Hur är det? Är allt bra med dig?"

"Ja, som vanligt – bra. Jag tänkte jag skulle komma bort till dig, ska vi äta något ihop idag?"

Hon brukade alltid ha något ätbart hemma och Håkan älskade hennes mat. Men denna gång – med en uttröttad, omtumlad kropp som bara längtade efter lugn och ro, få möjlighet att samla sina tankar och förstå det fantastiska som hade hänt.

"Skulle vi kunna ta det en annan dag? Jag är lite trött idag och behöver vila. Kanske är det någon förkylning på gång. Inte i morgon, men därefter?"

Nästa dag skulle hon träffa Gunnar igen.

"Ja visst", svarade Håkan.

Fanns det ett stråk av besvikelse i hans röst? Marita fick dåligt samvete, att hennes äldste levde ensam var som en tagg djupt i hennes hjärta. Efter att ha avslutat samtalet, stupade hon i säng och somnade direkt med en utmattad kropp.

Det var i slutet av mars, men inte som en mjuk början av våren, där man förväntade sig varma dagar och de spirande vårblommorna. Den gula svalörten fanns i enstaka exemplar omgiven av de gröna mattorna med de njurformade bladen. Blåsippor tittade försiktigt fram på sina sällsynta ställen mellan de bruna torra ekbladen. Det var flera veckor kvar innan vitsippsdalarna skulle breda ut sig i skogs- och hagmarker. Några få plusgrader rådde, ett stadigt regn och en kraftig vind, vilket gjorde att det ymniga regnet kom som spikar rakt mot ansiktet i stället för uppifrån. Paraply var som vanligt olämpligt i Göteborg utan helt regnställ krävdes för att inte regnet skulle borra sig enträget genom ytterkläder.

Det blev ingen promenad i Sisjöns skogsområde, nära där hon bodde och heller inte middag hos henne. De ändrade planerna till teater och med ett restaurangbesök efter. Det fanns biljetter på den lilla teatern i Majorna. De små teatrarna i Göteborg hade inte samma stora publik som de stora scenerna som till exempel Stadsteatern. För henne var teatern i Majorna välbekant, från privata besök men också från arbetet som lärare. Året innan pensioneringen hade hon tagit med sig eleverna i de äldre gymnasieklasserna i svenska för ett teaterdrama, baserat på en bok av Nobelpristagaren i litteratur, Svetlana Aleksijevitj.

Teatern var den första i Sverige som satte upp den som pjäs. Eleverna hade varit avvaktande innan, ovana som de var vid teater- besök, men hade blivit hänryckta och diskussionerna gick höga efteråt. På lektionerna i svenska dagen efter hade de diskuterat dramat. Förvåningen var stor bland eleverna för det pjäsen handlade om, kvinnor som stred i Röda armén, jämte männen, som piloter, stridsvagnsförare, spanare och prickskyttar. Till skillnad mot männen glömdes eller tegs kvinnornas insats bort. Genom dramat fick elev- erna kunskap i ämnena svenska och historia, men också insikt om det grymma med ett krig, skildrat så påtagligt i teaterform.

De träffades på Stigbergstorget, en kram som varade länge, som avslöjade längtan och glädje. De vandrade hand i hand till teatern. Marita tänkte förundrat att de var som ett ungt nykärt par. Att de var äldre, vad gjorde det? Varför skulle kärleken bli mindre med åldern, möjligtvis varsammare. Utanför teatern lyste marschaller på marken inbjudande med sina vajande brandgula lågor. Platserna, svarta enkla plaststolar, var inte numrerade. Marita valde som hon ofta gjorde, raden näst närmast scenen. Inte för att den raden var bättre, det var ju en liten teater, men den raden var så nära hon kunde komma utan att vara på skådespelarna.

Det var inte ofta Gunnar hade varit på teater. Ann-Margret hade sällan föreslagit det och själv hade han inte haft någon tanke på teater. Däremot hade de ibland varit på konserthuset och lyssnat på klassisk musik, men det var inte ofta. Gunnar tog Maritas hand när de satte sig, lade de sammanflätade händerna i sitt knä. Han betraktade Marita som kände hans blick och vände sig mot honom. Hon var så fin i den röd-svarta blusen, de svarta byxorna och höga stövlarna. Han log, han var stolt och lycklig, det var som att flyga på moln, som en kärleksberusad tonåring. Han hoppades innerligt att hon kände samma för honom, men vågade inte fråga – ännu. Kramar och kyssar var det som visade att hon tyckte om honom i alla fall. Pjäsen började men han släppte inte hennes mjuka, varma hand.

Efter pjäsen vandrade de eftertänksamt och tysta i väg nerför Karl Johansgatan, pjäsen skapade känslor och tankar. Regnet hade upphört, men inte den hårda blåsten. De slank lättade in på en libanesisk restaurang i närheten och lämnade vindens plågor utanför. Plats var det gott om denna sena tid på en vardagkväll och de hittade ett tvåmannabord i en hörna. Menyn som de fick av den diskreta servitören var som en vacker inbunden bok i trä, där omslaget pryddes av tygdetaljer i rött, svart och blått.

De valde mellan ofantligt många rätter, ett tag kändes det nästan övermäktigt, till slut blev det tre smårätter var. Marita föreslog entusiastiskt att de kunde dela av varandras rätter. Gunnar tänkte att så hade han aldrig gjort tidigare. De gånger som han och Ann-Margret varit ute på restaurang, var de sällan på restauranger med smårätter. Om de hamnade på till exempel en spansk restaurang valde de varsin varmrätt, kanske en smårätt som förrätt, ingen av dem trodde sig gilla smårätter. Nu var nya tider och spännande att pröva annat tillsammans med denna kvinna.

Vinet var lättare att välja, det fanns bara tre libanesiska röda viner. Gunnar frågade om han fick välja och Marita lämnade gärna valet till honom, förstod att han ville, med sin kunskap om druvor. Det blev ett vin i mellanprisklassen. De läppjade på vinet innan maten. Marita tänkte att det inte smakade som hon var van vid. I själva verket tyckte hon inte om det, men det var drickbart. Gunnar tittade forskande på henne.

"Nja, jag ser att du inte gillar det. Inte jag heller, jag är mest van vid italienska, portugisiska och franska viner."

Marita skrattade till, hennes ansikte hade varit tydligare än vad hon trott. Hon förklarade att vinet var okej, men ingen höjdare.

"Vet du om att Libanon troligen är vinets vagga, där tillverkades vin allra först? Lite spännande är det allt med ett land med urgamla traditioner", sa Gunnar.

Marita nickade och log, men bestämde sig för att lämna diskussionen om vin.

"Så duktiga skådespelare. Jag har varit där många gånger och alltid varit nöjd med både teaterstycke och skådespeleriet. Vad tycker du?" sa Marita forskande med huvudet på sned.

"För mig är det nytt med teater, pjäsen var riktigt bra. Jag går gärna fler gånger på teater", sa Gunnar.

Varför hade han inte provat annan mat och andra typer av restauranger, utan hållit sig enbart till de traditionella svenska eller internationella? Det var som om en ny värld hade öppnat sig idag med de libanesiska smakerna. Servitören kom in med sex keramikskålar i vackert blå-rött mönster, innehållande kalla och varma rätter. I varje skål var maten dekorerad med bladpersilja, mynta, tomattärningar eller ringlad olivolja och färgerna kontrasterade vackert mot varandra. Dofterna från okända orientaliska kryddor steg upp från skålarna, men de kunde i alla fall känna igen vitlök och koriander från de varma ångorna. Kvällen blev lång med djupa och förtroliga samtal, inspirerade av det mjuka fruktiga libanesiska vinet och maten med dess kakofoni av kryddiga smaker.

På kvällen steg han för första gången in genom hennes dörr till radhuset i Askim, med sin lilla trädgård. Huset var större inomhus än han hade trott från utsidan. Det första som slog emot honom, efter rundvandringen i huset, var kylan i alla rum.

"Vad kallt du har det? Har något hänt?"

Marita gick till hallen och tog upp termometern som låg på hallbordet.

"Det är arton och en halv grad. Jag brukar ha temperaturen på cirka tjugo grader. Det är svårt att ställa in luftvärmepumpen och jag undviker att försöka." Marita skrattade skamset. "Ibland har killarna hjälpt mig. Nu är det i alla fall inte sexton grader som jag hade för en månad sedan."

"Hu, sexton, det är kallt för mig och även nitton grader, det är jag inte van vid. Jag har tjugotvå hemma!" sa Gunnar. "Jag kan kolla på den där värmepumpen, jag är i alla fall maskiningenjör, något kan jag nog även om energifrågor inte är min specialitet."

"Det var snällt av dig men nu behöver du inte kolla, det är sent. Du kan göra det imorgon i stället. Vill du låna innetofflor? Jag har extra för gäster. Och jag har filtar med", sa Marita med ett leende och skulle precis böja sig ner mot byrån.

"Tror du jag behöver?" sa Gunnar och lyfte upp henne och gav henne en kyss på munnen. Hans plan hade varit att bära henne på ett romantiskt sätt, men fick skrattande sätta ner henne.

"Jag är ledsen, jag orkar inte, jag trodde att jag var starkare."

Marita skrattade, skakade på huvudet och sa:

"Allvarligt talat så skulle det kännas konstigt att bli buren, jag går gärna själv till sovrummet – alltså med dig. På tal om att orka ... det är en sak jag inte förstår?"

Marita tog Gunnar i hand, de gick till vardagsrummet och satte sig i soffan. Hon plirade retsamt på Gunnar.

"Du skrev på din profilsida att du tränade sporadiskt. Vad menade du med det? Sporadiskt är lite tvetydigt", sa Marita med ett snett leende. Gunnar hummade och erkände att den enda motionen var nog promenader … mest till affären. Han tänkte att han antagligen skrev så för att han borde promenera, men det blev inte så.

"Jag vet att det är viktigt. Lena tjatar på mig om att äta mer och att röra på mig, träna men … jag har dålig självdisciplin när det gäller motion, men det kan kanske bli bättre när jag har en vacker kvinna att träna för?"

Marita lutade sig mot Gunnar, gav honom en kyss. Gunnar omfamnade henne, höll henne både ömt och hårt samtidigt och släppte inte taget förrän efter långa sekunder av evig tid. Han knäppte upp blusen sakta, knapp för knapp och tittade upp en gång som för att fråga om han fick fortsätta. Marita log, satt still och såg hans blick som var koncentrerad på blusen. Hon märkte att andetagen ökade i likhet med hans. De kom inte till sovrummet utan älskade på soffan i vardagsrummet.

"Nu är du väl inte kall?" sa Marita och skrattade.

Gunnar flämtade, svettpärlor rann från pannan, ryggen var svettig. Så här trött och utmattad hade han inte varit på länge. Vilken kvinna han hade hittat! Var detta sant, det som han upplevde?

Marita blev allvarlig och sa: "Tänk om våra barn såg oss nu? I soffan här!"

"Det är en himla tur att de inte gör det!" sa Gunnar. "De tror väl inte att man älskar när man är äldre. Att man bara tar promenader och lite kramande – eller?"

"Skulle de tycka att vi är äckliga, för att vi är äldre?" undrade Marita.

"Strunt i vad de skulle tycka. De unga tror kanske att det är skillnad att älska när man är gammal, men det är det inte. En gång läste jag i en kvällstidning, det var i en frågespalt, en tjugoåttaåring undrade hur vi gamla älskade. Har du hört något så dumt", sa Gunnar och skrattade.

Marita tänkte att om ett tag skulle de båda behöva berätta för sina barn om den nya relationen. Men inte än – nu var det skönt att bara få vara själva i de stormande känslorna. Att livet kunde ta en sådan vändning, från en dag till att nästa ha träffat en underbar man som gav henne kärlek. Det där pirret var härligt och något så stort att det inte gick att ta på. Hon var förvånad över att hon kunde känna tillit och trygghet till denne man, redan efter några dagar? Det var som om de hade känt varandra betydligt längre, till viss del kunde mejlen förklara, men inte hela känslan av trygghet och det självklara i relationen.

Gunnar smekte henne försiktigt på armen, hon låg på hans bröst, varm och härligt doftande. Han kände ett lyckorus som han inte gjort sedan han var ung och hade de första förälskelserna. Fick man ha det så här bra? Det enda som oroade honom var hur starka hennes känslor var. Att hon tyckte om honom var han övertygad om, men kände hon samma lyckorus och starka kärlek som han gjorde? Eller var han bara en tillfällig relation?

KAPITEL 13

De körde in genom grinden till båthamnen i Björlanda kile. Efter ytterligare ett par hundra meter parkerade de på den stora ödsliga parkeringen där bara några enstaka bilar syntes. Några båtar stod fortfarande kvar på sina båtvaggor på parkeringsplatsen, medan flertalet låg i vattnet och guppade utefter de långa träbryggorna, med linor och fendrar mellan sig. Blåsten tog tag i dem där de gick på den öppna platsen. Marita tog fram tröjan ur ryggsäcken och drog den på sig. Inte hjälpte det att temperaturen var nitton grader med den salta hårda vinden som verkade vilja slita sönder dem. Måsarna flög snett och försökte parera de hårda vindbyarna som emellanåt fick tag i vingarna.

Gunnar berättade, när de gick över den ödsliga parkeringen, att på vintern var parkeringen full med segelbåtar och motorbåtar, men så här i slutet av maj låg nästan alla båtar i vattnet vid sina tilldelade platser.

"Vad stort det är!" sa Marita förvånat, som aldrig varit i Björlanda kile innan, knappt ens hört namnet.

Gunnar berättade att detta var den största båthamnen i norra Europa. När han hämtat henne i Askim hade han sagt att de skulle åka till en plats som hade betytt en hel del för honom. Han hade också sagt att hon skulle ta med sig badkläder, för "man vet aldrig". De promenerade efter kajen och såg tusentals segelbåtar liggande stilla, vaggande med vågorna. Linor smällde hårt mot masterna. Några segelbåtar var på väg ut genom den trånga öppningen längst ut i hamnen, de flesta gick för motor, en och annan modig eller dum-dristig, chansade att segla ut förbi båtplatser genom öppningen för att nå det öppna havet.

Längst västerut på södra sidan av hamnen fanns en pir, fem meter bred, grusbelagd med stora stenblock på vardera sidan om piren. Stenblocken var till för att förhindra erosion och påkörning men också för att inte få in vågor i hamnen. De promenerade på piren till slutet av den. På motsatta sidan, norra sidan, fanns också en pir och där pirerna möttes, var den trånga öppning där båtar kunde färdas ut och in från hamnen. Gunnar pekade på en båtplats där det låg en vacker segelbåt, nio meter lång och tre meter bred.

"Där hade jag min segelbåt, men min var större, elva meter", sa Gunnar eftertänksamt och tystnade.

Marita funderade på vad han avsåg, om han saknade segelbåten och hade tankar om en ny? Han lät vemodig. Det hon var säker på var att en segelbåt inte var något hon hade längtat till. Lars och hon hade haft funderingar om husbil, men sedan kom deras uppbrott.

"Vill du ha en segelbåt?" frågade Marita och försökte hålla rösten neutral.

"Nej, faktiskt inte. Det skulle vara om du var seglingsintresserad, men jag tror inte det. Det var ett roligt nöje och det var härliga seglatser på den tiden. Vi sålde båten strax innan vi sålde huset. Det är en hel del arbete med att ha båt. På våren att förbereda och på hösten att ta om hand och underhålla. Båtplats, vinterförvaring, för-säkring, renovering av segel, fendrar, vinterförbereda motorn, masta av – allt kostar pengar och tar tid. Det krävs att man vill vara en hel del vid havet. De sista åren blev det sällan segling, Ann-Margret ville göra annat också som att träffa vänner och umgås med barnbarnen. Hon ville inte vara fyra veckor i en båt på sommaren, en vecka fick räcka. Jag tycker det är för mycket arbete att ha en båt om man bara ska använda den en vecka per år."

"Varför hade du båten här när du bodde i Långedrag, det fanns väl båtplatser där?"

"Den här hamnen ligger bra till, härifrån är det lätt att komma ut till Bohusläns fina skärgård, alla naturhamnar. Det finns också öar på nära håll om man bara vill segla över dagen. Jag menar öarna precis utanför, som Björkö till exempel som är närmast, norrut finns Källö-Knippla, Rörö eller söderut Hönö."

Gunnar tystnade, tittade med en lång blick bort mot horisonten.

"Förresten ... ska vi bada?" sa han spjuveraktigt.

"Här? I en jättestor båthamn?" sa Marita tveksamt. Hon tittade ner i havsvattnet för att se om det fanns skimrande rester på havsytan av diesel eller olja. Det fanns det.

"Nej, inte här! Följ mig."

De gick tillbaka till där piren började, för att följa strandkanten västerut. De gick på stora stenar, för att undvika att trampa i havsvattnet. Ibland gick det inte att ta sig fram vid strandkanten, då fick de ta stigen längre upp efter bergssidan, innan de åter kom tillbaka till strandlinjen. Efter drygt trehundra meter kom de till en udde. Där fanns ett trädäck med bänkar att sitta på och trappsteg till vattnet. Gunnar vände sig om och log mot henne.

"Tycker du inte att det är fint?"

Marita höll med. Havsvattnet såg klart ut, tången i vattnet vajade sirligt och långsamt och inga maneter så långt hon kunde se. Rakt framför syntes en ö.

"Vad är det för en ö?" frågade Marita.

"Björkö. Den är avlång och inte särskilt bred. Där bor inte så många, några tusen bara, det är fint att segla dit och äta på restaurangen i hamnen."

När Marita tittade sig runt såg hon att folk satt på filtar, några nere vid strandkanten, men flertalet högre upp på berget.

"Men hur kommer de hit? Det var en ganska lång bit att gå och inte lättillgängligt", sa hon.

Gunnar pekade och hon såg stigen åt andra hållet. Han förklarade att längre bort fanns en parkeringsplats men den var inte stor. Gunnar gick före och de tog sig uppåt berget. Ur ryggsäcken tog han fram en filt och bredde ut.

"Vill du bada? Inget kaffe innan badet, vet du", sa Gunnar med ett retsamt leende.

De hittade ett ställe i lä, i en bergsklyka, men den varierande vinden kom åt ändå. Marita huttrade till, lusten att ta ett bad hade försvunnit. Hon skakade på huvudet. Gunnar fortsatte: "Då tar jag mig ett dopp, vi kan fika efter. Jag har med mig kaffe och bullar."

"Härligt", sa Marita, överraskad av hans besked. De hade inte pratat om att ta med kaffe, bara att åka ut och eventuellt ta ett bad. Det var roligt att han hade överraskat. Gunnars rygg dansade i väg, där han snirklade mellan andra solbadande och nerför berget. Han tog ett hopp från bryggan och försvann ur hennes synfält. Hon lyfte upp filten och svepte den runt axlar och rygg. Hur kallt klarade han att bada? Gunnar var fort tillbaka, han verkade inte särskilt berörd men tog på sig byxor, t-shirt och en tjock tröja över.

"Det var kallt, inte badvattnet, det var nog runt sexton, sjutton grader men blåsten på vägen upp. Men det är ju bara maj så vad kan man förvänta sig."

Kaffet värmde härligt, hon höll båda händerna runt koppen för att tjuva värme. Kanelbullarna hade han köpt på ett konditori innan han hämtade henne, den hon bet i var lite torr som de ganska ofta brukade vara. Då slog det henne om det hon hade sett i bilen. Avtrycket i hans ena byxficka, sedan hade hon glömt bort att fråga. Rundeln i byxfickan, hon visste vad det påminde om, med tanke på vad Håkan gjorde.

"Snusar du?"

"Ja … men inte ofta, bara en gång per dag."

"Men det skrev du inte något om på dejtsidan? Du skrev rökfri!"

Gunnar skämdes. Varför hade han försökt gömma snusandet, klart att hon förr eller senare skulle upptäcka burken. Marita fortsatte.

"Jag gillar inte snus, visserligen snusar en av mina söner men det är ohälsosamt. Och det luktar."

Marita sa inget mer. Tänkte att inte kunde hon tvinga någon att sluta? Hur viktigt var det för henne? Hon hade inte känt smaken av snus när de hade kyssts.

"Jag behövde snus i början när jag blev ensam. Jag snusade som ung och tog upp det igen. Men det är inte viktigt för mig – inte längre när jag har träffat dig."

Gunnar lät så ångerfull att Marita kände sig skamsen i sin tur. Hon lämnade ämnet för ett tag. Det finns annat att ta upp längre fram som hon hade funderat på. Det Gunnar hade skrivit på sin dejtingsida stämde inte helt, som detta med motion. Som fritidsintressen hade han skrivit vandringar men det hade hon inte märkt av. Nyttig mat för det mesta, stod det också, men han åt inte frukt och grönsaker, bara när hon lade fram det och propsade på att det var nyttigt.

När hon frågade om vad han hade ätit när hon inte var med, nämnde han feta och onyttiga rätter, som pyttipanna, pizza eller stekt potatis med ägg och korv. Inte hennes val av mat. Ändå kunde han laga mat och gjorde goda middagar till henne men verkade slarva när han var ensam. Eller passade han på?

Nästa frågetecken var "Dricker i sociala sammanhang". Det fann hon något tvivelaktigt. Det verkade bli en öl eller en whiskypinne till kvällsprogrammet ganska ofta. Han tittade mer på tv än vad hon gjorde, men positivt var att det ofta var dokumentärer eller historiska skildringar. Hans stora intresse var historia. Det var förvånande att han inte hade angett det på sin beskrivning, eftersom hans intressen gav intrycket av att vara beläst och kunnig. Eller var det för att det verkade för djupt? Det hon också hade märkt var intresset för en och annan deckare, det hade hon inget emot, men förstod inte kombinationen deckare med öl eller whisky, till och med på en måndag kunde det hända.

Allt det som hon hade skrivit hade varit sant. Var det ett manligt fenomen att män gjorde sig bättre än de var och att kvinnor gjorde tvärtom eller i alla fall var mer sanningsenliga? Avvikelserna var i alla fall inte så allvarliga, resonerade hon med sig själv, men hon skulle påpeka vid lämpligt tillfälle.

Det som var bra och positivt var att han var kulturellt intresserad, de hade gått på flera teaterföreställningar och han ville se mer teater, hade han sagt uppriktigt. De hade också varit på konserthuset och lyssnat på klassisk musik, vilket var ett gemensamt intresse. Han läste många böcker, det var ett plus som uppvägde det som inte var helt överensstämmande. Han skrev också perfekt svenska och där blev det också ett plus.

Livet med Gunnar hade överraskat henne. Hon hade djupa känslor för honom, det var otvetydigt. Det gick inte att tveka på Gunnars känslor, han var upp över öronen förälskad i henne. Blickarna som glödde av värme, de ljuva kramarna och de ömsinta smekningarna. Han var runt henne som vaktande på en dyrgrip. Deras gemensamma liv hade blivit så självklart, de fungerade bra tillsammans, balanserade varandra till en helhet, de var som en båt i en vik som gungade idylliskt i takt med vågorna. Det var som om de alltid hade funnits för varandra.

De hade varit tillsammans i fyra månader. Oftast blev det att Gunnar kom till henne på fredag och stannade över helgen. Hon kom till Gunnar på onsdag till torsdag. Det var helt otänkbart att det hade funnits ett liv utan Gunnar och att hon hade haft ett eget liv utan honom.

Gunnar såg långt ut över havet, enstaka segelbåtar syntes som små streck. Märkligt att de var så få när dagen hade varit ypperlig för seglande med den vinden, solen som lyste utan tvekan på himlen och utan att något hotande moln fanns i närheten. Nu var de ett par, tänkte han nöjt och slängde en blick på henne. Han hade på skoj frågat henne för några veckor sedan om de var "ihop nu" och hon hade sett frågande ut. Då hade han förklarat, han skojade, det var så han frågade tjejer i ungdomen.

Hans tidigare tveksamhet om hennes känslor var borta, han visste att hon älskade honom, men med skillnaden att hon inte sa det lika ofta som han gjorde. Hans känslor låg mer utanpå än vad de gjorde för henne.

Till sin förvåning hade han upptäckt att han verkligen var romantisk. Han som förr bara hade köpt blommor vid ett fåtal tillfällen till Ann-Margret, gav nu Marita blomsterbuketter var och varannan vecka. I början valde han tulpaner i gult, rött och lila, därefter gick han över till andra blommor som han inte kunde namnet på. Flickan i blomsteraffären log rart varje gång när han kom in och gav bra hjälp, han kunde inget om blommor. Hittills hade han köpt såpass mycket blommor att det förvånade honom, även kostnaden och han gick över till att variera med billigare buketter från livsmedelsaffären. Att se hennes leende varje gång hon fick blommor, triggade honom att fortsätta, hon uppskattade verkligen buketterna. Hade hon inte fått blommor tidigare av sin man? Han skämdes när han tänkte på de fåtaliga blombuketterna som Ann-Margret hade fått.

Han hade också köpt ett silversmycke, ett hjärta i en vacker silverkedja. Han var i alla fall romantisk, det stämde åtminstone med innehållsdeklarationen på dejtingsidan. Han hade förstått av hennes små pikar och gliringar att han inte hade varit helt sanningsenlig. Men vad gjorde det nu när han hade fått högsta vinsten. Ett ljudligt andetag hördes och han vände blicken frågande mot Marita. Hon bet på ena läppen, vilket hon gjorde när hon funderade eller hade något särskilt att säga.

”Tycker du inte att det är dags? Att prata med barnen?”

Gunnar hade flera gånger skjutit på detta, sagt att de kunde vänta, det var inte bråttom. Av någon anledning oroade det honom. Han visste inte varför. Var det Lena och hennes snabba sätt att bestämma sig, om hon skulle tycka om Marita eller inte? Marita fortsatte:

”Vi har varit ihop i fyra månader och det känns svårt att förklara varför jag inte är hemma så ofta. Jag har berättat för mina närmaste väninnor, men inte för mina egna barn, det känns fel. Nu tänker *jag* berätta i alla fall, även om inte du vill. Eller skäms du för mig?”

”Nej, det är klart jag inte gör! Du är det viktigaste för mig, det mest värdefulla. Det är bara det att det känns svårt ... men du har rätt, jag ska berätta.”

Marita lade sig ner på filten och blundade. Det var inte lika kallt längre, som när hon satt upp och kände vindarna sno runt sig. Vindarna verkade vrida sig från olika håll – var orsaken att de var på en udde?

Hon skulle berätta för barnen. Spännande, att deras gamla mamma hade en pojkvän, hon skrattade till, samtidigt fick hon en blöt puss och såg Gunnars ansikte ovan sig, det breda leendet och de bruna vackra ögonen.

"Inte här", sa hon på skoj, och höll honom en bit ifrån sig, ögonen glittrade okynnigt och hon drog honom till sig för ytterligare en kyss. Efteråt tittade hon sig runt för att se om någon i närheten sett att de kysstes och tog på varandra, men så var inte fallet. Gunnar såg hennes svepande blickar runt, skrattade och skakade på huvudet.

"Varför kollar du alltid? Vi får visst kyssas som andra, strunt i om någon ser, vad gör det? Det är inte bara ungdomar som får vänslas. Du ... förresten, jag bjuder på mat idag, på en trevlig grekisk restaurang, vad tycker du?"

Gunnar kände sig glad igen, han skulle fixa detta med barnen. Hur svårt kunde det vara? Ikväll skulle de ha en mysig middag på en grekisk restaurang, som han hade fått tips om av Bengt, som hade varit där med sin senaste eller var det näst senaste kvinna. Inte tänka på annat än att umgås med denna underbara kloka kvinna, som förgyllde hans tillvaro, fick honom att känna lust till livet och som gav känslan av en framtid tillsammans.

KAPITEL 14

Nu måste det ske, tänkte Gunnar, innan alla försvann i väg och det blev höst innan han skulle berätta. Lena och Hans skulle snart i väg med barnen på tre veckors seglingssemester i Grekland. Johan och Sanna hade två veckor kvar innan deras semester skulle börja. Kycklinggratängen var klar och vilade på spisen. Receptet hade han fått från Marita som sagt att det var enkelt och omöjligt att misslyckas med. Det sa hon om alla recept han fick av henne. Han tyckte inte att det var enkelt. Det hade tagit en lång stund att hacka alla ingredienser i olika byttor och rödlöken hade fått hans ögon att tåras alldeles vansinnigt. Marita hade säkert hackat allt på nolltid och utan rinnande ögon.

Kycklinggratängen doftade härligt, med ett innehåll av rödlök, grädde, vitlök, massor av oregano och fetaost som hade smulats över, den skulle nog barnbarnen också gilla. När de kom skulle han bara behöva värma gratängen en kort stund. Allt var klart sedan morgonen, dukningen, salladen och gratängen. Det var bara riset som behövde kokas strax innan de kom. Den bruna väggklockan som hängde på vardagsrumsväggen verkade ha hängt sig, sekundvisaren rörde sig sävligt och motsträvigt. Hans blick fastnade obönhörligt på den, där han satt stelt i fåtöljen med kroppen spänd som en fiolsträng och kunde inte koncentrera sig på dagens tidning som låg stilla på benen.

Den här middagen med barn och barnbarn var den första som han hade ordnat efter det att han blev ensam. Familjeträffarna blev oftast hos Lena eller Johan, de som hade stora hus. Hans trea var liten i jämförelse och det skulle bli trångt med de fyra barnbarnen.

De stora barnbarnen hade inga problem att sitta lugnt och stilla men Johan och Sannas barn behövde röra sig mer.

Vid något tillfälle skulle han passa på att smita undan och vara med barnen, det fick bli i arbetsrummet där lekbacken fanns. Han längtade så intensivt efter barnbarnen, en längtan som kändes fysisk och som grep hårt i honom. Ingen av hans två barn förstod nog hur viktiga barnbarnen var för honom och särskilt efter det att Ann-Margret hade gått bort. Han funderade på om det var rätt att berätta om Marita, även om barnbarnen var med? Hur skulle Lena ta detta med hans nya kvinna? Och Johan? Skulle de bli glada för hans skull? Förvånade? Skulle de tycka att han borde ha berättat tidigare? Ville de träffa Marita och kanske tyckte de att hon borde ha varit med vid middagen?

Middagen var över och allt hade gått över förväntan. Gunnar var nöjd och glad och hans tidigare spänning från morgonen hade släppt. Diskussionerna mellan paren hade för en gångs skull varit lugna. Tänkte de på att det var den första middagen som han hade ordnat efter det att deras mamma hade gått bort?

Matsalsbordet, där de hade suttit, var tomt från middagen. Tallrikar, bestick och skålar var bortplockade. Barnbarnen hade suttit i köket, det fanns inte plats för alla runt matsalsbordet, det hade blivit för trångt.

Johan och Hans satt i soffan och pratade om något som tydligen var intressant, för ingen av dem märkte av att de små barnen, framför allt Linnea, yrde runt och fick med sig lillebror Gustav. Mammorna tipsade de stora flickorna om att ta med sig de små för lek i arbets-rummet, för en gångs skull var Lena och Sanna överens. Gunnar hämtade smutsiga tallrikar och glas och gav till Sanna som resolut tog emot, sköljde och stoppade in i diskmaskinen. Lena tog om hand matrester och lade i skålar med plast om.

"Pappa, nu har du mat för de närmaste dagarna, glöm inte att äta så att maten inte blir stående för länge i kylskåpet", sa Lena uppfordrande och placerade skålarna i kylskåpet strategiskt i ögonhöjd för Gunnar.

Det slog Gunnar hur lik Lena var sin mamma. Det märktes mer nuförtiden när inte Ann-Margret fanns. Lena var lika bestämd och visste hur allt skulle göras. Sanna var inte överdrivet förtjust i Lena och det märktes också tydligare numera. Båda var starka kvinnor, men Sannas värld var mer fyrkantig. Allt skulle hanteras och stoppas in i en box, oavsett om det gällde hur en människa var eller hur man hanterade hushållet. Lena var som en härförare, föste sina trupper framåt efter sin uppfattning.

Snart, tänkte Gunnar, till kaffet – eller kanske efter? De sista kaffedropparna föll ner i glaskannan som var fylld med den svarta vätskan med den goda doften av arabiskt kaffe, inköpt på Saluhallen i Göteborg tillsammans med Marita. Alla vuxna drack kaffe, det var enkelt och barnen fick läskedryck vid köksbordet. Gunnar ställde en äppelpaj på matsalsbordet och vaniljsås i en kanna bredvid. Den andra äppelpajen ställde han på köksbordet till barnbarnen.

Gunnar gick till arbetsrummet, där barnbarnen hade hamnat. De låg på golvet och ritade tillsammans. Lekbacken, som stod på golvet, hade Ann-Margret gjort i ordning och den togs fram när barnbarnen kom på besök. Den var fylld med diverse saker som barnböcker, spel, kritor, papper och leksaker för de minsta.

Gunnar betraktade dem en kort stund. Så fina de var, oförstörda, inte som vuxna med rigida uppfattningar och insinuationer för det som ogillades. Hans barnbarn, som han nästan tyckte mer om än sina egna barn, märklig känsla. Han harklade sig och sa att efterrätten var framme för alla snälla barn. De kastade ifrån sig kritor som studsade på golvet och rusade under stoj till köket. De fick börja direkt innan de vuxna satte sig kring matsalsbordet. Den minsta, Gustav, behövde ibland hjälp, de stora flickorna tyckte att han var gullig och hjälpte mer än gärna honom att ta paj och vaniljsås. Det får nog bli städning efter, tänkte Gunnar, när han såg Gustav vrida skeden åt fel håll och en full matsked paj och vaniljsås försvinna under bordet.

"Pappa, har du bakat äppelpaj? Eller köpt? Jag trodde bara att mamma bakade?" sa Lena och fick en lätt besvärad min.

Hennes blå ögon fick en djupare nyans, när hon blev påmind om sin mamma. Gunnar tänkte att det var nog han, förvånansvärt nog, som ändå snabbast hade kommit över Ann-Margrets död. Johans känslor för sin mamma och saknaden var klart djupare än Lenas, ögonen blev blanka varje gång han blev påmind om mamman.

"Den är jättegod", sa Sanna och bröt den täta stämningen, "den har du gjort riktigt bra Gunnar – krispig yta – jag tar gärna receptet."

"Jag har faktiskt gjort den, det är havreknäcktäcke överst", sa Gunnar stolt och blickade ut över dem en efter en, som för att de verkligen skulle förstå det. Det han inte sa var att han och Marita, dagen innan, hade bakat två äppelpajer tillsammans. Han hade hackat samman ingredienserna, under Maritas övervakning. Det var hennes recept, återigen ett som det inte gick att misslyckas med, enligt Marita, enkelt och gott. Under en kort stund var det enda som hördes kaffekoppar som lyftes och sattes tillbaka, skedar som skrapades mot pajfyllda assietter. Lena lade ner sin sked först på den tomma tallriken och vände blicken på Gunnar.

"Det är drygt en vecka kvar, sedan är vi på väg till Grekland. Hans och jag har ett förslag. Lite sent påkommet men … Vi kommer att segla i tre veckor mellan olika öar. Pappa – du gillar ju segling, skulle inte du vilja komma ner och resa en eller två veckor med oss? Det skulle vara roligt för familjen."

Gunnar häpnade, det var ett fantastiskt erbjudande … men Marita? Varför hade inte Lena frågat tidigare? Han skulle precis svara när Sanna vände sig mot Lena.

"Tycker du inte att det är svårt att resa mellan de grekiska öarna nu – i detta läge? Du har väl sett alla hemska bilder? Immigranter och flyktingar från Syrien och andra länder som har hamnat i läger i väntan på beslut i asylprocessen. De får ingen tillgång till vård och är rädda för att skickas tillbaka till Turkiet. Kvinnor och barn bor i smutsiga, eländiga tält och sjukdomar sprids", sa Sanna och stirrade stint på Lena, vars hals hade fått röda fläckar.

"Jag vet mycket *väl* vad som händer där, jag och Hans är läkare och har kontakter. Hans har kollegor som arbetar i lägren för Läkare utan gränser. Vi har också skänkt en hel del pengar till organisationen. Att vi reser till Grekland är bra för landet i sin helhet. Vi hjälper Grekland som har en dålig ekonomi, turismen står för merparten av deras inkomster. Det är lätt att sitta i Sverige och tycka om resande till Grekland. Vad gör du själv då?" sa Lena och naglade fast Sanna med en blick full av irritation.

Hans trummade med fingrarna på bordet, läpparna var spända. Han tittade omväxlande mellan Lena och Sanna.

"Det är inte omöjligt att jag också kommer att hjälpa till framöver, i Läkare utan gränser, vi får se. Det är bra att vi ändå är på plats och kan se vad som händer", sa Hans och försökte både blidka Sanna och lugna stämningen för att Lena inte skulle ta nya tag.

Återigen, tänkte Gunnar, varför blev det så att åsikterna ledde till spända situationer. Sannas kombattant som alltid var Lena. Oavsett om det gällde politik eller de egna barnen, fanns alltid den korta stubinen hos båda. Lena som kanske *för* ofta och utförligt pratade om sina barn, gymnastiktävlingarna som flickorna vann och hur duktiga de var i skolan. Jämförelserna som det blev mellan stora och små barn gjorde ont i Gunnar, de var alla fina, han älskade dem, de var hans underbara barnbarn. Sanna tog ingen större notis om det Hans hade sagt om sin eventuellt kommande insats som läkare.

"Jag skulle i varje fall ha svårt att lyxsemestra när femtiotusen syrier mår dåligt, är sjuka och i tält", sa Sanna syrligt och tittade sturskt på Lena.

Gunnar fick panik när barnen och deras respektive hamnade på olika sidor. Johan satt tyst, visade inget och tittade in i väggen. Varför sa han inget, höll han med sin hustru eller tyckte han att hon bara tjatade, förstörde stämningen? Hade Ann-Margret levat idag hade inte diskussionerna blivit politiska i den graden som de blev numera, åsikterna vitt skilda och som orsakade missämja mer än intressanta diskussioner. För att inte diskussionen ytterligare skulle eskalera, klirrade Gunnar kraftfullt med skeden på glaset. Blicken fastnade på glaset, där gult klet satt fast, det hade kommit från den pajkladdiga skeden. Allas blickar vände sig mot Gunnar, så här hade han inte gjort tidigare, utom på stora födelsedagskalas eller när de gifte sig. Gunnar satte sig rakare upp, tittade runt på dem och harklade sig lätt.

"Jag ... jag har en nyhet att berätta. En glad och rolig nyhet ... Jag har sedan ett tag tillbaka, några månader, fyra månader, träffat en kvinna. Marita, som jag är tillsammans med och som jag tycker om. Jag hoppas att ni kan få träffa henne ... gärna innan ni alla försvinner på semestrar, annars får det bli efter semestrarna."

Gunnar tystnade, under tiden han hade pratat märkte han förändringen i rummet. Det var som om alla hade slutat att andas och ljudlösheten bredde ut sig. I köket var det tyst, men för att barnbarnen hade försvunnit i väg till hans arbetsrum. Han hoppades att inte golvet, det fina parkettgolvet, var fullt med märken efter kritor och färg. Alla tittade på honom. Gunnar tittade på Lena. Lena som alltid fann sig, härföraren i familjen. Läkaren med fötterna på jorden. Mer än Hans som var den försiktige, som inte tog plats och som inte tog de snabba initiativen. Och inte behövde heller när Lena förde säkert. Det var inte Lena som tog det första ordet, utan Johan.

"Men pappa ... det var bara ett halvår sedan mamma dog ... Hur ... hur tänker du? Men vi då?"

Johans mun var öppen, blicken glasartad. Han tittade på Lena för att få stöd, men hon tittade förbryllat på Gunnar. Johan vände blicken åter mot Gunnar. Hans röst skälvde.

"Jag sa att du borde börja med någon hobby eller aktivitet, inte att du skulle träffa en ... en kvinna ... redan?"

Lenas andetag ökade i tyngd som om luften inte räckte till.

"Jag förstår inte vad du håller på med", sa Lena med en skrovlig röst. "Vad är det för en kvinna? Hur har du kommit i kontakt med henne? Varför har du inte sagt något tidigare?" Lena skrattade till lågt och med sammanbiten mun. "Alltså, jag vet inte vad jag ska säga. Jag är chockad. Hur mår du, pappa? Vad har hänt med dig?"

Gunnars strupe snördes ihop, ja vad hände i detta nu? Att det skulle ta denna vändning hade han aldrig trott. Han hade förväntat sig att de skulle bli förvånade, men glada för hans skull och att de skulle ha frågat varför han dröjde med att berätta. Och att de gärna ville träffa Marita. Deras respektive sa inget, lät Gunnars barn reagera. De satt stilla, tittade åt olika håll, utom på Gunnar och inte på sina respektive. Tyckte de att situationen var pinsam? Sara kom in i vardagsrummet. Ställde sig vid sin pappa, kände av atmosfären, men sa inget. Gunnar betraktade sitt äldsta barnbarn, vad skulle han säga? Flickans tystnad var alltför talande, hon förstod att något hade hänt och avvaktade. Ingen sa något.

Gunnar vände sig efter sekunders tystnad till Sara och sa: "Sara, din morfar har träffat en kvinna, jag är alltså tillsammans ... ihop, med en dam – det har jag precis berättat för dina föräldrar."

"Vad bra morfar, då är du inte ensam mer ... Men vad är det? Är det något problem?" Sara tittade osäkert på sin mamma och pappa.

Lena reste sig snabbt upp, stolen höll på att ramla bakåt men den återfick balansen. Hon fick en bekräftande blick av Hans och sa: "Nej! Nu är det dags för oss att tänka på refrängen. Tack pappa för middagen. Vi måste gå."

Lena hade aldrig sett så hård ut som nu, tänkte Gunnar. Han förstod inte reaktionen, borde han ha väntat och berättat efter semestern till hösten? Behövde de gå direkt? För det han berättade? Inte stanna kvar en stund, sitta i sofforna och prata? Barnbarnen hade han inte hunnit att umgås med, han hade mest ordnat med mat och annat, även om Lena och Sanna hade hjälpt honom.

"Det är dags för oss också, tack för maten", sa Johan, sammanbitet med ögonen blanka.

Det blev kaotiskt när alla skulle i väg samtidigt, hallen hade aldrig känts så trång och liten som denna dag. De små barnbarnen blev besvikna, morfar hade ju lovat att leka med dem. De stora flickorna sa inget, kramade sin morfar, blickarna sorgsna, den täta, besvärade stämningen undgick inte dem.

När ytterdörren slog igen efter den sista, var det tyst. En bedövande tystnad. Gunnar svalde gång på gång, blinkade med blöta ögon och satte sig tungt i fåtöljen, med armarna på varsitt armstöd, kramade hårt med händerna så att det nästan gjorde ont. Han ville ringa Marita, men avstod, visste att då skulle gråten komma och han ville inte gråta i telefonen. Han behövde samla sig, förstå hela situationen. Suckar avlöste varandra, han släppte det krampaktiga greppet i vartdera armstöd, kände det lena tyget med sina fingrar. Vad orsakade reaktionen? För Johan, att det bara var ett halvår sedan som hans mamma hade gått bort? Borde han ha väntat och inte följt det Bengt föreslog med dejting. Och Lena, vad menade hon? Hur han mådde? Han såg de kvarlämnade kladdiga assietterna och kaffekopparna på matsalsbordet. Resterna av en tilltryckt äppelpaj i glasformen tydliggjorde det sorgliga avslutet. Hans första kalas som ensam blev en katastrof. Hur skulle han ha gjort?

Timmarna gick, till slut reste han sig, stel och kall av att ha suttit still. Tänkte att Marita förväntade sig nog att han skulle ringa och berätta hur det gick. Han orkade inte ringa. Städade i stället upp i vardagsrummet, i köket efter barnbarnen, plockade undan kritor och papper i arbetsrummet och ställde tillbaka lekbacken i garderoben. Det sorgligaste var ändå att inte ha hunnit med barnbarnen som han hade tänkt, leka och läsa saga och prata med de stora flickorna och krama både stora och små.

Efter städningen var han trött och ledsen. Klockan var nio, för tidigt att gå och lägga sig, men han var trött, mentalt trött. Det fanns en dov värk i huvudet. Han tog fram sin mobil, ställde den på ljudlöst.

En stund senare låg han i sängen och försökte sova. Det gick inte, trots att han var trött. Han gick upp, fram till whiskyhyllan, hällde upp rejält av sin sämsta whisky, en blended, i whiskyglaset och satte sig i fåtöljen. Tittade ut genom den ljusa försommarnatten, betraktade himlen och de höga byggnaderna som bara blev fler och fler i Göteborg. På andra sidan Göta älv reste sig Ramberget mäktigt. Det var länge sedan han var där, senast när han var en ung pojke, kanske dags igen, med Marita. Vandra i den gröna parken och ta sig fram på smala stigar upp mot utsiksposterna. Se Göta älv som vindlade sig lugnt genom Göteborg, hamnen som numera mest bestod av kontor och bostäder och den höga imponerande Älvsborgsbron med det blå mäktiga havet utanför som han kunde längta till.

Han önskade att hon hade suttit här bredvid honom, hållit i hans hand, kramat och tröstat honom. Sagt de orden han behövde som bara hon kunde säga. Han orkade inte ringa henne, ville inte berätta om hur eländig kvällen hade slutat, de vuxna barnen som hade överraskat honom med sina reaktioner och frågor. När whiskyn var slut hade tankarna slutat mala inom honom och han gick till sovrummet. Han domnade bort i en tung sömn.

KAPITEL 15

Han vaknade med ett ryck, posten hade kommit och tryckt ner något i brevinkastet onödigt hårt. Klockan visade nio och han häpnade, det var många timmar! Var det den mentala utmattningen som hade orsakat att han sovit så länge i ett sträck? Blåsan tryckte infernaliskt och han tog sig mödosamt till toaletten. Njöt en lång stund av att känna trycket successivt minska. Han satt på toalettstolen, stod inte längre upp. Det var Marita som hade lärt honom. Varför hade han aldrig tänkt på att det var sanitärt bättre. Hur många män stänkte inte på väggar och golv bredvid toalettstolen, små aerosoler, orsakade av när den hårda strålen träffade vattenytan i toaletten. Manligheten formades väl inte av att man stod upp?

När han var klar dök minnena upp om gårdagen och en tyngd sänktes på axlarna. Han tittade sig i badrumsspegeln. Var inte ansiktet plufsigt, såg han inte trött och grå ut? Det fick bli duschen för att bli människa igen. Han ställde sig i duschkabinen, reglerade värmeinställningen och därefter duschmunstycket för att få en kraftigare stråle. Först fick ansiktet vattenstrålen, därefter vände han helt på sig för att få de varma, mjukgörande strålarna på nacke och rygg. Därefter stängde han av vattnet, tvålade in kroppen och kände den vassa stubben på hakan. Idag fanns ingen vilja att se vårdad ut, men tankarna på Marita fick honom att ändra sig. Med rakhyveln tog han några raska tag och hakan blev len. Den avslutande duschningen på hela kroppen med den hårda, heta vattenstrålen fick avsedd effekt, kroppen piggnade till, han sträckte på sig för att ytterligare mjuka upp leder och rygg.

På vägen till sovrummet var spänsten åter tillbaka. Han passerade mobilen som låg på hallbyrån och kastade ett öga på den. Tio missade samtal och fyra sms. Marita! Hon hade gjort alla försöken att nå honom, från igår kväll till morgonen. Det dåliga samvetet kom omedelbart, han borde ha ringt igår eller åtminstone sms:at henne om att han skulle ringa nästa dag, att han inte orkade prata just då. Han suckade skamset och tryckte på det senaste samtalet.

"Var har du varit? Jag har sökt dig, ringt massor av gånger och sms:at. Varför har du inte svarat? Jag har varit jätteorolig, jag trodde att det hade hänt något?"

"Förlåt! Jag borde ha ringt dig, jag tänkte inte på att du skulle bli orolig."

"Jag var på väg att åka till dig, du har ju alltid svarat förut, det är klart att jag blev orolig?"

Marita tystnade, tog några djupa andetag och fortsatte med låg röst. "Hur gick det igår? Jag kan höra det på din röst!"

"Det gick inget vidare." Det tjocknade i Gunnars hals, han svalde flera gånger. "Barnen blev upprörda, chockade. Johan tyckte att det var för tidigt att vi träffades! Lena undrade hur jag mådde." Gunnar berättade om middagen.

Marita lyssnade tankfullt och sa: "De kommer att lugna sig. De behöver bara vänja sig vid tanken. Det är kanske svårt att tänka sig att ens pappa har en ny kvinna som inte är deras mamma. Låt det gå några dagar så har de vant sig."

"Du har nog rätt. Men jag tror att jag borde ha berättat för dem, en och en. Inte som nu – när de var samlade", sa Gunnar ångerfullt.

"Det är inte lätt att veta hur man ska göra, vad som är lämpligt eller inte. Men jag tycker att det var en något konstig reaktion från dina barn. Jag undrar hur det ska gå för mig att berätta för mina barn? Jag ska träffa Håkan idag, mitt på dagen. Men vi ses väl ikväll? Som vi har bestämt?"

"Du är mycket efterlängtad, mer än någonsin. Jag kan ordna något att äta så behöver du inte tänka på det", sa Gunnar, betydligt gladare.

"Det ska bli härligt att träffa dig. Det kommer bli bra", sa Marita tröstande.

Efter samtalet var det som om det grå töcknet försvann och ljuset släpptes fritt. Gunnar gick med lätta steg till datorn i arbetsrummet för att leta matrecept. Det var befriande att ha en uppgift att ägna sig åt och slippa tankarna på igår, men framför allt glädjande att veta att Marita skulle komma. Han skulle få rå om henne, krama henne, röra vid henne och de skulle ha en trevlig kväll ihop som de brukade ha. De skulle också prata om det svåra, barnens reaktion, som säkert skulle kännas mindre skrämmande när Marita var med och diskuterade tolkningar och delade på bördan.

Marita knackade tre gånger på dörren och tryckte sedan på knappen, då skulle Håkan veta att det var hon och inte en försäljare eller Jehovas vittnen som ofta frekventerade hans bostadsområde. Hallen var liten och mörk, även om de vita tapeterna lyste upp och gjorde sitt. En stående kapphängare hade fått ersätta hatthyllan som normalt fanns i hallar. Marita hängde upp jackan och lät promenadskorna stå kvar på hallmattan, en skohylla fanns det heller inte plats för. Den enda möbeln som fanns i hallen stod på motsatta sidan, en svart byrå med en hög spegel i svart ram. Håkan fick en rejäl kram av henne. Marita drog in doften från lägenheten och skrattade.

"Du har städat eller?"

"Ja", sa Håkan och flinade snett.

"Lukten av citronrengöringsmedel är tydlig och du har glömt ställa in dammsugaren, jag ser den i sovrummet", sa Marita med ett leende. "Men du städar väl också även om inte jag kommer på besök ... eller?"

"Jo, det händer, men jag lider inte av dammråttor som du verkar göra. Det är alltid någon som kommer på besök, pappa eller någon kompis, då städar jag också. Skämt åsido, jag städar när det behövs, du behöver inte vara orolig."

Håkan plockade fram kaffe och startade kaffebryggaren. Marita satte sig vid köksbordet och tittade sig runt, katten hade inte synts till.

"Var har du Nelly då?"

"Hon sover i sovrummet, i min säng som vanligt. Hon kommer nog fram när hon känner lukten av något gott – du vet hur hon är?"

Marita såg ryggtavlan av Håkan när han plockade fram kaffekoppar ur ett skåp och ur ett annat skåp, en kakburk. En färggrann papperspåse låg på diskbänken. Ah, han har köpt bullar, så gott, tänkte Marita. Plötsligt kände hon något lent stryka sig mot benet och fram stack Nelly med sitt ansikte. Nelly tog ett vigt hopp och satte sig på andra köksstolen bredvid Marita. Upp från köksbordet stack hennes lilla näpna ansikte. Marita skrattade, typiskt Nelly, att sätta sig vid bordet som en människa, i väntan på något gott. Hon klappade den gråspräckliga Nelly och visste att det inte skulle dröja länge förrän katten började dregla. Håkan satte fram korgen med bullar och kakburken på köksbordet och strax efter hängde en decimeterlång salivsträng från varje mungipa på katten.

"Hur går det med forskningen?" sa Marita.

"Bra. Vi har fått mer pengar, bland annat från skogsindustrin och vi ska få två doktorander till – trevligt. Professorn har bett mig att ansvara för de två doktoranderna tillsammans med docenten. Jag har kvar undervisningen, men i mindre omfattning nu när jag ska hjälpa doktoranderna. Annars är det rapportskrivande – om ligniner. Samma som jag gjort de senaste åren, men nu handlar det inte om papper utan om nya biomaterial från skogsråvaror med hjälp av enzymer och diverse katalyserade reaktioner."

"Låter som att du har fullt upp och trivs med arbetsuppgifterna. Bra att du har trevliga kollegor och bra professor", sa Marita och tog ett bett på kanelbullen. Kanel blandat med socker och smör var en oemotståndlig smak, tänkte hon och tog ytterligare en tugga och njöt.

"Håkan! Det är en sak som jag vill berätta om", sa Marita och avvaktade för att få hans fulla uppmärksamhet.

Håkan grävde sig ner i kakburken, han var ett riktigt kakmonster, tänkte Marita, ändå smal. Var det löpningen som räddade honom? Håkan tittade upp, på väg att stoppa ett havreflarn i munnen.

"Jag har träffat en man. En man som jag är tillsammans med sedan ett tag tillbaka."

"Jaha?" sa Håkan och tuggade klart kakan, pannvecken avslöjade att han tänkte. "Se där ja", sa han sedan och tog en kanelbulle ur påsen på bordet, tuggade frenetiskt och fortsatte: "Det var väl bra. Jag blev överraskad bara, jag trodde inte att du ville träffa någon efter pappa. Hur träffades ni? Jag menar ... du är väl inte ute och ... träffar män, om det finns sådana ställen för äldre? Vad heter han förresten?"

Marita berättade om Gunnar och dejtingsidan. Hon tänkte samtidigt att hon hellre hade velat att det var Håkan som hade dejtat och träffat en kvinna och att hon fått höra det på liknande sätt. Kanske skulle detta hon berättade ändå starta en tanke hos Håkan.

Det blev en skön promenad hem. Från Järnbrott där Håkan bodde och till Askim tog det henne cirka fyrtio minuter. Vad bra att Håkan tog det bra, något annat hade hon heller inte förväntat sig. Nu var det bara Bosse kvar. Marita hade ringt honom och frågat om han kunde komma på ett besök hos henne, men det verkade svårt. Mycket på jobbet och elektrikerarbete i Trollhättan, vilket innebar långa resor från Lerum. Barnen skulle skjutsas till sina aktiviteter, Marie var borta vissa dagar och Bosse var tvungen att vara hemma kvällstid. De kunde helt enkelt inte bestämma något, inte nu, om ett tag hade Bosse sagt och pustat av dåligt samvete.

Stackars Gunnar, tänkte Marita, varför hade hans barn reagerat så? Gunnar som var snäll och omtänksam. Ville de inte hans bästa? Det som hon hoppades vara för Gunnar. Klockan var fyra när Marita kom innanför radhusdörren, det fick bli en snabb dusch och packning för några dagar och därefter ta sig till Guldheden och Gunnar. Det var tur att de båda var pensionärer, hade tid med packande och resande. Mitt i veckan, onsdag eftermiddag till torsdag förmiddag och sedan fredag eftermiddag till måndag morgon. På det här viset hade deras liv tillsammans blivit. Såvida hon inte hade andra planer som att träffa vänner. De här fyra månaderna hade hon helt klart prioriterat Gunnar. Stackars Gunnar, tänkte hon igen, sådana ungar eller rättare sagt – vuxna barn.

KAPITEL 16

Marita satt hukad vid rabatten framför huset och rensade. Det som verkade frodas mest var tyvärr den envisa kirskålen med sina långa rötter och inte floxen och stäppsalvian som borde ha fått all plats. Jord skvätte upp i ansiktet och i ögonen när hon slet till för att få bort kirskålsroten. Hon blinkade några gånger och drog med handens baksida mot kinden för att torka bort. Såg hon ut som en randig katt i ansiktet?

Hon hörde dörren som öppnades och stängdes, men brydde sig inte om att titta utan fortsatte att rensa. Hon visste att det var den äldre grannen bredvid, Karl, sjuttiofem år. Alltid behjälplig, vänlig men inte utan att det framgick att han gärna ville vara hennes nära vän, *för nära*. Hon hörde harklingar och blev tvingad att titta upp och nickade som hälsning. Karl hängde över staketet med sin stora mage och pikétröjan korvade sig vilket gjorde att en bit av magen syntes. Han hade kepsen på det kala huvudet och i munnen fanns den glödande cigaretten. Han hade säkert sett från sitt köksfönster att hon arbetade i trädgården. Det var nackdelen med radhuslängor, inget gick grannarna förbi.

"Fin dag idag och det ska inte komma något regn heller. Det är roligt att plantera, min potatis plockar jag nu. Säg till om du behöver hjälp, jag ser att du får ta i, jag har all tid i världen."

Marita tackade artigt nej, samtidigt som hon fortsatte rensa utan att stoppa och tittade bara upp ibland. Hon förklarade att det var skönt att vara ute i solen och jobba i trädgården. Det var inte tungt heller.

Idag hade hon ingen lust att kallprata med Karl, ville inte lägga en halvtimme på det, hade bråttom, skulle packa och sedan till Gunnar. Numera, när hon tillbringade all sin tid med honom, visserligen önskad tid, blev trädgården eftersatt, det var heller inte lika roligt längre att påta i marken och klippa gräs. Hon gjorde det nödtorftigaste, men då ingick det inte att stå vid planket och prata med Karl som dessutom inte var särskilt rolig. Han blev emellanåt grinig, grannarnas os från grillar luktade bedrövligt, bilar parkerades fel, röjsågar störde på söndagarna, ungdomarna slängde skräp direkt på marken och lät med sitt mopedåkande. Det som retade Marita särskilt var när han tände cigaretten nära henne och fortsatte slöprata, visserligen var det utomhus men cigarettrök ogillade hon i högsta grad.

Karl fortsatte hänga på staketet och plirade på henne med sina nyfikna små runda ögon. Det som kunde irritera henne var att det var svårt att komma ifrån när han väl hade börjat prata. Då kröp det som myror i kroppen. När hon sa att hon måste gå, till och med när hon gick mot dörren, började han prata om något nytt, det var som om han inte ville släppa henne för allt i världen. Hade han inte sett Gunnar? Förstod han inte att det inte var någon idé att få till det med henne? Eller var det hon som missförstod en ensam granne som bara ville prata jämt? Som ofta kom ut när hon var i trädgården. Den här gången var det något annat som räddade henne, hon hade inte hört stegen.

"Hej mamma, är det här du är? Vi har ringt, inget svar, då tänkte vi att vi åker förbi och chansar om du är hemma."

Bosse och Marie stod vid grinden vid ingången med barnen. Nej, tänkte Marita, inte detta också. Hon hade bara en timme på sig innan hon var tvungen att ta bussen. På morgonen hade hon meddelat Gunnar när hon skulle komma, efter att ha uppskattat tidsåtgången för morgonens göromål. Inte kunde hon förklara för Bosse och de andra varför hon inte hade tid. Håkan hade lovat att inte säga något till Bosse utan låta henne berätta för sin yngre son. Hon log med ett svagt leende och tänkte intensivt.

"Vad roligt att ni kom, jag ska i väg strax, men ... en snabbkopp kan vi väl hinna. Jag ska ringa min vän och säga att jag blir lite sen."

"Det var inte meningen att störa dig. Vi skulle till Göteborg och hade en stund över. Du ville gärna träffa oss och jag tänkte att vi kunde kombinera Fredriks brottningstävling med ett kort besök hos dig. Vi kan ta det en annan gång annars."

Det var Bosse hon ville prata med, inte att hela familjen skulle höra om Gunnar. Men det fick väl gå, det var ju inget konstigt hon skulle berätta om, mer än att det var trevligt för henne själv.

"Kom in ni, det är inga problem, jag bara sms:ar att jag blir lite sen. Jag sätter på kaffet. Fredrik och Sofia, ni vill väl ha något gott eller?"

Marita gav barnbarnen varsin kram, Fredrik protesterade mitt i kramen och sa att han inte fick dricka läsk innan matchen. Marita lugnade honom med att hon hade annat, som mjölk och saft.

I hallen tog Marita upp mobilen och såg att Bosse hade ringt flera gånger. Det fanns också ett sms från Gunnar. Hon läste det i smyg, tre små röda hjärtan inledde sms:et och orden, jag längtar efter dig. Hon svarade på sms:et, med ett stort hjärta och den korta texten om att Bosse med familj hade dykt upp och att hon skulle bli en eller högst två timmar sen. Svaret kom direkt, satt han med mobilen? Det löd: inga problem, du kommer när du kan.

Med en bricka med koppar, glas, servetter, tinade bullar och mördegskakor på ett fat, gick Marita ut till baksidan av radhuset. Bosse gick bakom henne med termosen och Marie bar en tillbringare med jordgubbssaft. Barnbarnen strosade runt i den lilla trädgården, men satte sig när de vuxna kom ut. De var lugna nuförtiden jämfört med när de var små. Då var de vilda och rusade runt men de var så charmiga.

Marita satt i den blå hammocken med barnbarnen och Bosse och Marie satt i varsin teakstol med de blåröda dynorna. På teakbordet låg plastduken, vit-blå-röd randig. Parasollet hade Bosse fällt upp och de fick skugga på uteplatsen. Dagen var ljummen, tjugo grader, endast de tunna fjädermolnen svepte som penslar sakta över den blå himlen och lät solens strålar lätt komma igenom.

"När börjar ni semestern?" undrade Marita.

Barnbarnen hade redan ätit upp sina bullar, när Marita tog sina första tuggor. Hon bjöd dem att ta för sig av kakfatet. Marie berättade att de skulle börja sin semester om en vecka, i början av juli. De tre första veckorna skulle de vara i Bovallstrand, låna Maries föräldrars sommarstuga. Sedan, fortsatte Bosse, var det hemmet som gällde, byta tak på huset i Lerum, välbehövligt efter de fyrtio åren. Marita vände sig till barnbarnen, Fredrik berättade om den kommande brottningsmatchen. Sofia hade ledigt från fotbollen, ingen träning på sommaren. Men kompisarna var i stort sett samma som i fotbollen. Sofia förklarade att de spelade fotboll ändå men gjorde också mycket annat roligt.

"Synd att jag inte tänkte på det", fortsatte Bosse, "men du skulle ha kunnat följa med och se Fredriks brottningsmatch. Men du skulle bort, var det så du sa?"

"Ja", svarade Marita och bestämde sig för att berätta. Varför vänta, de skulle ha semester snart och vara borta i flera veckor. "Jag tänkte passa på att berätta en nyhet. Jag har träffat en man, som jag är tillsammans med. Vi har träffats i fyra månader. Han heter Gunnar och bor här i Göteborg, på Guldheden, han är mycket trevlig och rar. Jag hoppas när vi ses nästa gång att jag kan ta med mig Gunnar och att ni får lära känna honom", sa Marita entusiastiskt.

Barnen tittade på sin farmor, men verkade inte reagera nämnvärt. Sofia sa enkelt: "Coolt!"

Fredrik nickade bekräftande och sa: "Urgammalt namn bara."

Marie var tyst, det hände inte ofta. Ett av få unika tillfällen, noterade Marita belåtet. Marie borde tänka sig mer för, innan hon öppnade munnen för ordsvadan som kändes som när lava strömmar ut från en vulkan. Kanske insåg hon just nu i detta ögonblick att det var hennes man som borde få reagera. Marie visade inte med någon min vad hon tänkte. Bosses ögonbryn var hissade högt, pannan rynkad och han bet nervöst på läppen.

"Men mamma, varför har du inte sagt något tidigare? Hur har det här gått till? Har du riktigt koll på vem det är?"

"Snälla Bosse, jag är väl inte född i farstun. Bara för att jag är pensionär är jag inte omyndigförklarad. Jag har yrkesarbetat hela mitt liv, som lärare och kan verkligen ta hand om mig själv."

Marita insåg att hon hade tagit i. Hon hade inte kunnat hindra irritationen stiga inom sig men skulle hennes egen son mästra henne?

"Jag menade inte så men ... det är bara en försiktighetsåtgärd. Du anar inte vad många lycksökare som finns ... men han kanske är trevlig, vad vet jag?"

"Just det, det är precis vad han är", sa Marita surt.

Den härliga känslan från morgonen, det sprudlande och förväntansfulla som hon hade vaknat med, var som bortblåst. Bosse hade sudlat ner det fina och det som skulle bli något roligt att berätta om. Hon hade förväntat sig att få frågor om vem han var och hur han såg ut.

"Förlåt mamma, det var nog plumpt, jag menade inte så. Det är klart att vi vill träffa ... Gunnar och se om han är så bra som du säger", sa Bosse och log som för att kompensera det tidigare tråkiga uttalandet.

"Jag får gratulera", sa Marie försiktigt och log.

Därefter var det som om inget hade sagts. Marie började berätta om sitt arbete och den omorganisation som företaget skulle göra och att hon trodde att hon skulle börja på en annan enhet och hennes svada fortsatte utan stopp. Marita avbröt Marie avsiktligt och frågade barnbarnen om de ville att hon skulle gå på Liseberg med dem, om nu mamma och pappa gick med på det. Barnbarnen hojtade glatt. Marita log och insåg att de ändå inte var så stora att de inte ville gå med sin farmor till Liseberg. Om några år skulle flickan vara i tonåren och då var Lisebergsbesök med farmor säkert inte längre aktuellt.

Hon såg ryggtavlorna av familjen när de gick i väg till besöksparkeringen. Fredrik och Sofia vände sig om flera gånger och vinkade som de alltid brukade göra. Bosse och Marie gick med snabba, bestämda steg, de hade nog bråttom till lokalen för brottningstävlingarna. Hon vände sig om och gick tillbaka till dörren. Karl satt vid köksfönstret och tittade på henne. Tråkigt att han var ensam, inga barn, ingen fru längre. Men det var inte hennes skyldighet att umgås, det fick räcka med hälsningsfraser och några ord.

Hon stängde dörren onödigt hårt, frustrationen i kroppen fick sig i alla fall ett utlopp. Hon ville inte vara irriterad när hon kom till Gunnar. Han var tillräckligt dämpad av sina barns reaktioner. Bosse hade i alla fall vänt i synsätt till att bli positiv. Men det störde henne, det han först hade hävt ur sig.

KAPITEL 17

Barnen var tillbaka från sina sommarsemestrar, han hade fått enstaka sms och några bilder från Grekland. En bild på en stor segelbåt och tre sms-bilder på flickorna som badade, dök från båten, åt glass men ingen bild på Hans och Lena. Vad Johan och Sanna hade gjort på sin semester, visste han inte. Inte ett sms, inte ett samtal. Lena som normalt tidigare brukade titta in till honom, hade inte gjort det en enda gång sedan middagen när han berättade. Gunnar valde att varken kontakta Lena eller Johan under sommaren, det var deras sak, tänkte han besviket, att ha kontakt med sin gamla far och om allt var bra med honom. Men den talande tystnaden rådde – inga samtal. Så hade de aldrig gjort tidigare.

Han bestämde sig till slut, sista veckan i augusti, för att kontakta dem. Då hade det gått två månader utan fysisk kontakt. Nu var skolor i gång och Lena och Johan på sina arbetsplatser, det vill säga livet gick sin vanliga lunk för barn och barnbarn. Kanske hade de funnit sig i tanken på att han hade träffat en kvinna.

Han skickade ett sms och bad Lena titta in. Tidigare hade hon oftast gjort det spontant före sin tjänstgöring, någon gång efter. Det kom ett okej, med ett datum och en tid. Gunnar ringde Marita och sa att Lena skulle komma och att de fick skjuta upp att träffas tiden som de hade bestämt. Det var inga problem, Marita var förstående. Han vågade inte fråga Lena om de kunde ta en annan dag, för risken var att en annan dag inte blev av, han ville inte irritera Lena mer.

Lena var nyklippt, det bruna håret låg fint runt det smala ansiktet, det var den kortaste klippning som han hade sett på henne. Hon var fortfarande brun från sommaren. Hon såg välklädd ut, vit tunn blus, blå kort kavaj som var öppen, mörkblåa snäva byxor och vita lågklackade pumps med en rem över vristen. Men blicken, ansträngd och jagad, den skapade obehag i honom. Han visste att det var långa pass på sjukhuset och att de ofta blev förlängda, var det orsaken? Eller var det mötet med honom?

Det slog honom återigen, att ju äldre Lena blev, desto mer lik sin mamma blev hon till utseendet, men inte bara det. Lenas dominerande drag hade inte märkts lika tydligt när Ann-Margret levde som själv var ganska dominerande. Lena hejade kort, tog av sig skorna, det blev ingen kram utan hon gick raka vägen till köket. Hon satte sig på köksstolen, tittade sig runt om som om hon skulle se efter om det fanns någon annan där.

"Vill du ha kaffe?" frågade Gunnar.

Kaffe fanns klart i kaffebryggaren. Lena skakade på huvudet men ändrade sig och sträckte fram koppen och Gunnar fyllde upp. Han hade bestämt sig för att inte nämna Marita, syftet med mötet var att få igång kontakten igen. Att allting skulle bli som vanligt.

"Jag har bråttom, jag kan vara här i högst tjugo minuter. Du ville träffa mig?" sa Lena i en hård ton där orden kom som ett stackato.

Han blev genast rädd, "du ville träffa mig", ville inte hon träffa honom?

"Det förstår du väl att jag vill träffa dig. Varför har du inte hört av dig?"

"Jag har skickat bilder och sms, det har jag gjort. Sen att jag inte har ringt beror mer på dig."

"På mig? Vadå – beror på mig?"

"Som du beter dig förstås. Du borde fundera över ditt beteende. Vi kommer med barnen på en middag. Vi förväntar oss att vi ska ha en trevlig familjesammankomst. Vi förväntar oss *inte* att du ska förstöra kalaset. Utan vidare berättar du, att du har träffat ... en kvinna. Och så sitter vi där och ... Förstår du inte?" Lena skrattade rått.

"Jag tänkte bara ... att det var bra att berätta när alla var samlade.

Varför skulle det vara fel", sa Gunnar och hörde själv hur beklämd han lät.

"Och vem är den där kvinnan då? Som plötsligt dyker upp i ditt liv. Du borde tänka mer på oss och risker. Du är sextionio år och har barnbarn. Vad innebär detta för deras del? Jag trodde inte att du var självisk, men du verkar ha blivit en annan person sen mamma dog. Vem är du egentligen?" Lena spottade fram orden.

Hennes blick naglade fast honom, han såg ner på det nötta köksbordet, klarade inte av att titta tillbaka. Såg hacken som barnen gjorde som små, varför hade han inte slipat om bordet? Mindes hacken när den arga Lena som liten hade tryckt fast brödkniven i bordet för att det var något hon inte fick. Johan däremot reagerade annorlunda, när det gick honom emot blev han mer ledsen, gick till sitt rum och surade.

"Hon heter Marita", svarade Gunnar med trött, svag röst. "Hon är en snäll och trevlig kvinna och vi hittade varandra genom en dejtingsida och vi har lärt känna varandra väl och ..."

Lena avbröt honom.

"Dejtingsida! Men pappa, du är gammal. Tror du att du är en ungdom och ska skaffa partner?" Lena skrattade hånfullt. "Jag skäms för dig, tänk om mamma hade sett dig idag, ett halvår efter att hon har gått bort, jag trodde att du älskade mamma? Usch!"

Lena reste sig hastigt upp, hennes kaffe hade stått orört. Hon tog koppen, kastade ut kaffet i diskhon så det stänkte på kakelväggen. I hallen tog hon väskan, vinglade till när hon försökte dra på sig pumpsen snabbt och tittade på honom sammanbitet. Hon slog därefter ner blicken på hallbordet, fastnade i några sekunder och tittade upp på honom. Ögonbrynen ihopdragna, munnen var som ett hårt streck.

"Har du börjat snusa också? Är det den där kvinnan som är orsaken? Jag hoppas att du förstår att det inte är lämpligt att barnbarnen träffar dig, de saknar sin mormor, även om inte du gör det."

Plötsligt frös hon till, det blänkte något sorgset i ögonen. Utan att ta av sig skorna gick hon med klapprande steg till vardagsrummet. Gunnar stod stelt kvar, förstod inte vad som hände. Lena kom tillbaka, ögonen lyste med sorg och samtidig ilska. I handen höll hon fotona på de två barnbarnen, fotona som han hade fått i present. Hon kastade ner fotona i väskan och slängde igen dörren efter sig så den skallrade. Stegen ekade en lång stund, hon tog inte hissen utan gick ner de tre våningarna. Det var som hammarslag i hans hjärta och det brast för honom. Han satte sig i fåtöljen i vardagsrummet och grät, med händerna för ansiktet. Såg upp på bokhyllan där platsen för fotona var tom.

En stund senare hämtade han mobilen från arbetsrummet, satte sig ner vid köksbordet och slog numret. Han både ville och inte ville ringa Marita. Ville, för att han behövde ha hennes tröstande ord, behövde hennes närhet. Ville inte, för att han skämdes över sin dotter, skämdes över hela situationen. Varför kunde Maritas barn acceptera honom, medan hans barn inte accepterade hans nya kvinna? Varför gjorde Lena så? Han förstod inte, det var som ett mörker inom honom. Och Lena tog fotona på barnbarnen! De var ju hans foton, som han hade fått i present. Varför gjorde hon så?

Marita svarade andfådd, hon kom in från trädgården. Klagade på sin granne Karl som det var svårt att slita sig från, men mobilringningen hade räddat henne. Hon lät glad och förväntansfull, trodde helt klart att deras möte hade gått bra. Gunnar berättade, rösten låg och sprucken. Marita lyssnade och sa: "Jag kommer direkt – om du vill?"

"Ja. Jag vet inte hur jag annars ..."

Senare på eftermiddagen satt Marita och Gunnar i soffan i vardagsrummet. Hon smekte hans fuktiga kinder, suckade över hans tårar som började rinna, upphörde och rann igen.

"Jag kan inte låta bli, bara jag tänker på det som hänt ..."

"Det gör inget, låt det komma ut", sa hon tröstande.

"De tycker att det har gått för kort tid från det att Ann-Margret dog."

"Det kan man kanske tycka. Men vad är kort tid, lång tid, vad är lagom? Vem ska bestämma vad som är rätt, är det barnen?" sa Marita.

"Om man väntar *för länge* kanske man inte lever."

"Hade jag väntat, inte följt Bengts råd, skulle jag haft barnen kvar, men då hade jag aldrig träffat dig. Jag kan inte tänka mig att leva utan dig."

"Jag kan inte tänka mig ett liv utan att du finns med mig. Jag trodde inte att man kunde ha det så bra i en relation. Det inser jag nu när jag kan jämföra med hur jag levde med Lars. Vad tror *du* att Ann-Margret hade sagt om att träffa en ny?"

"Vi pratade om att hon skulle klara sig bättre som ensam än jag, hon hade större umgänge, var mer social. Vi trodde båda att jag skulle gå bort först eftersom jag är man och äldre än henne. Men så blev det inte. Jag är ganska säker på att hon inte skulle vilja att jag levde ensam, men jag vet inte, vi pratade inte om detta. Sen hur lång tid efter som behövs ... där vet jag inte vad hon skulle tycka."

"Och barnens reaktioner?"

"Hon hade blivit arg. Hon hade aldrig accepterat att de skulle göra så mot sin pappa, det vet jag bestämt, men det kan jag inte säga till barnen, då tror de att jag hittar på ... som det nu är."

Gunnar tystnade, tittade ut genom vardagsrumsfönstret på de grå molnen som täckte himlen. Snart skulle hösten börja och den långa perioden i ett mörkt, kallt och rått Göteborg, där blåsten tog andan ur en. Den perioden när familjen, barn och barnbarn var det som gladde, där han skulle ha kunnat se fram emot kalas och träffar, men hur skulle det bli nu?

"Varför tog Lena mina foton, hur kunde hon göra så?" sa Gunnar förtvivlat.

Marita var tyst, tänkte en lång stund, medan Gunnar kramade sina stora händer.

"Det kanske är så att hon i själva verket är ledsen och inte kan hantera situationen, kanske straffar hon sig själv ... och dig. Hon vet hur mycket barnbarnen betyder för dig. Och för henne att du träffar dem."

De vände på det som hade hänt, det som var sagt under besöket, försökte tolka hur Lena tänkte och kände. Varför hon sa som hon gjorde, men frågorna fick inga tydliga svar.

"Jag har ingen flicka själv, jag vet inte om det blir annorlunda då. Du säger att hon är lik sin mamma, kan det vara något sånt som skapar problem? Eller att hon inte kan se någon annan än sin mamma med dig?" sa Marita.

"Jag vet inte", sa Gunnar. "På ett sätt kan jag känna att hon har tagit över Ann-Margrets roll, som den som håller samman familjen. Om det har något med det att göra, jag vet inte? Att det blir ett hot att jag har träffat dig. Men jag vill att de träffar dig och får se själva vilken underbar människa du är."

Marita log.

"Du är också en underbar människa som dina barn borde bry sig om och acceptera som en självständig vuxen och inte en pappa som måste vara stöpt i en viss form."

Marita tystnade, tänkte och fortsatte:

"Be att din son Johan kommer. Om du kan få Johan att åtminstone ta sitt förnuft till fånga, kommer nog Lena efter. Och sen kan de nog tänka sig att träffa mig och se att vi har det bra och att jag inte är farlig."

"Jag hoppas att du har rätt. Jag ska be Johan komma. Ensam, utan Sanna och de små. Han är mjukare som människa, det blir kanske lättare."

Samtalet med Marita var behövligt, men den gnagande oron gick inte över och fanns som en molande ständig värk i magen. Han hade hamnat i ett drama som han inte förstod, som han inte kunde styra över. Hade det verkligen bara med Marita att göra? Vad för ont hade han gjort?

KAPITEL 18

Äntligen kom fredagen. Av någon anledning kände hon sig nervös. Märkligt – som gammal lärare var hon ju van vid att stå framför nya elever varje år, där hon skulle vinna förtroende och samtidigt visa pondus. Men idag – var hon spänd och nervös. Gunnar skulle komma när som helst och senare skulle barn och barnbarn dyka upp. Bosse och Marie med barnen och Håkan. Håkan hade frågat om han skulle ta med sig katten Nelly inför visningen av den nya kärleken. Nej, hade hon sagt skrattande, road av att han tog ner allvaret. Ringklockan klämtade och hon gick till entrédörren.

"Varför kommer du inte in direkt? Du vet att det bara är att gå in, det har du ju gjort den senaste månaden", sa Marita förvånad.

Gunnar log, stod still, med blicken finurlig och sa: "Idag känns speciell. Att få träffa dina barn och barnbarn."

Gunnar tog fram handen som han hade hållit bakom ryggen. "Och så var det den här, varsågod min älskade."

Hon tog den stora buketten med båda händerna, böjde ner huvudet nära för att få doften och njöt av prakten, blommor i rött, rosa och vitt och med grönt däremellan.

"Så vackra, en stor bukett … det är fint med nejlikor och gerbera", sa Marita leende men fortsatte skämtsamt. "Den har du satt samman fint med det gröna gräset."

Gunnar hummade, sa med ett leende, att blomsterbiträdet hade föreslagit hur buketten skulle se ut när han beskrev att de skulle vara till hans hjärtas dam.

I köket luktade det gott. En rund platt glasform stod längst in på köksbänken, täckt med en rödvitrutig kökshandduk. Gunnar lyfte försiktigt på handduken och drog in de fuktiga söta dofterna av vanilj. Var det rabarber, som stack upp som fyrkantiga, färglösa bitar?

"Har du egna rabarber?"

"Ja", svarade Marita, i somras tog jag hand om rabarbern, frös in i bitar med socker. Sen blir det paj ibland."

"Vad kan jag hjälpa till med?" undrade Gunnar och tittade sig runt i köket. Där såg förberedelserna ut att vara i full gång inför middagen. På en skärbräda på köksbänken låg den finhackade purjolöken. I en avlång, smörad ugnsform tronade en stor orangeröd laxsida och väntade på att få en bädd av purjolök under sig och såsen över sig. Bredvid spisen stod två små plastkrukor med färska kryddor som skulle klippas ner i såsen. Gunnar fick uppgiften att göra salladen och dukningen.

"Dukningens placering får avgöras av vädret", sa Marita och tittade på termometern. "September och redan kallt, vi äter inomhus vid matsalsbordet i vardagsrummet."

Håkan kom först, exakt klockan arton. Tog i hand, med en samtidig nick mot Gunnar som det mest självklara. De gick till köket och Marita ägnade sig åt att kontrollera det sista med laxen som bubblade i gratängsåsen i ugnen och potatisen på spisen. Gunnar och Håkan satte sig vid köksbordet. Gunnar frågade honom om hans tjänst på universitetet. Håkan berättade, van vid besökande från industrier och från intresserade grupper och van att berätta lättförståeligt om kemiska processer i träet. Marita noterade belåtet med ryggen vänd mot dem, att Gunnar och Håkan verkade finna varandra direkt, trots olikheter yrkesmässigt, en ingenjör i bilproduktion och en biokemist som forskade på organiska reaktioner i trä.

Bosse och Marie och barnen var en kvart sena. De skyllde på varandra, garaget för Bosse och mobilsamtal för Marie. Marita kunde mycket väl tänka sig att svärdottern hade mer svårt att avsluta sitt mobilsamtal än för Bosse att avsluta i garaget. Bosse var tillbakadragen i sitt hälsande, Marie pratade på, frågade nyfiket ut Gunnar. Denna gång hade Marita inget emot Maries snacksalighet. Det hade kunnat bli spänt och med tysta stunder, denna första gång som de träffade hennes ... men vad skulle hon kalla Gunnar? Skulle hon verkligen använda "pojkvän"? Lät inte det som mer för ungdomar? "Min man"? Men de var inte gifta. "Särbo"? Det sista var nog korrekt, men lät tråkigt och förminskande, som om avståndet i boendet avgjorde känslan i hjärtat. Sofia och Fredrik var nyfikna, men blyga, höll sig runt Gunnar, smygtittade men utan att våga ta någon närmare kontakt.

Klockan nio på kvällen blev huset tyst. De besökande hade gått och Marita och Gunnar plockade undan från matsalsbordet, gjorde rent i köket, tvättade av ytor, gick ut med tomflaskor och soppåsar. Det gick ju bra, konstaterade Marita och slappnade av. Gunnar nickade bekräftande, log ett svagt leende och sa kort att Marita hade trevliga barn och barnbarn, de kunde hon vara stolt över. Rätt som det var upptäckte Marita att hon var ensam. Ingen Gunnar. Hon gick till vardagsrummet – ingen där. I trädgården var det ödsligt. Blev han trött och lade sig? Men utan att säga till henne? Hon gick uppför trappan till sovrummet. Där var det mörkt.

"Sover du?" viskade Marita, när hon smög sig närmare sängen.

Hon hörde ett halvkvävt nej. Ovanpå sängen såg hon kroppen avteckna sig i mörkret, han låg på rygg, fullt påklädd.

"Vad är det?" frågade hon oroligt. "Mår du inte bra? Har det hänt något? Har jag sagt något?"

"Nej, det har du inte ... jag mår inte bra."

Gunnar suckade. Hans andetag var tydliga i det tysta rummet och ökade efter hand. Orden kom stötvis som om varje ord smärtade.

"Jag ... blev ledsen."

"Ledsen? Har jag gjort något? Barnen? Sa de något dumt? Jag förstår ingenting?"

"Nej, ingen av er har gjort något. Men du har dina barn och barnbarn runt dig, de är fina. Jag ... saknar mina barn ... jag saknar mina barnbarn. Det är bra att din familj accepterar mig men ... jag blev deppad. Kraften gick ur mig."

Marita suckade och tystnade. Tänkte. "Jag vet inte vad jag ska säga. Jag tycker det är tråkigt att dina barn inte vill träffa dig just nu. Jag önskar att jag kunde göra något."

Gunnar sa inget. Han tog henne inte ens i handen som han annars skulle ha gjort. Han låg stilla, det var bara den tunga andningen som hördes och visade på att någon fanns där.

"Det är nog bra om du kan prata med Johan", sa Marita. "Hur går det med det? Du får kanske släppa Lena ett tag, hon behöver nog mer tid. Men Johan? Du säger att han är lättare och mjukare."

"Inte än ... det skrämmer mig att försöka efter det Lena har sagt."

Marita slogs med ens av tanken på hur det skulle bli nästa gång som hennes barn och barnbarn kom på besök. Skulle Gunnar bli ledsen varje gång? Hon måste kunna träffa sina barn och barnbarn hemma hos sig och Gunnar behövde klara av att vara med. Inte skulle det vara bra om hon behövde smussla med kontakterna.

"Gunnar, jag vet inte hur jag ska säga det men ... jag vill kunna ta hit mina barn och att du kan träffa dem. Men det blir svårt om du blir ledsen av att se dem."

"Jag förstår det mycket väl. Det är klart att jag måste kunna träffa dem, jag vill det också", sa Gunnar. "Problemet är att jag påminns om och saknar barnen. Det jag inte kan ta in, är varför mina barn inte kan acceptera att jag har träffat någon? När dina gör det."

Marita lade sig bredvid Gunnar i mörkret, också med kläderna på och höll hårt om honom. Hon smekte honom på kinden och kände att den var fuktig. Tankarna på hur det skulle fungera framöver störde henne, skulle verkligen Gunnar klara av att träffa hennes barn utan att bli ledsen. Om inte, vad skulle hon göra? De låg länge i tysthet, mörkret som omslöt dem kändes som ett skydd mot verkligheten.

Därefter kom orden: "Tack Marita för att du finns, du är det bästa som har hänt mig."

Från den stjärnklara himlen lyste i höstmörkret ett svagt ljus från tusen och åter tusen stjärnor på leendet som spred sig i Maritas sorgsna ansikte.

KAPITEL 19

Dagarna gick liksom veckorna. Johan hade fullt upp, sa han och nämnde den tredje ekonomiska kvartalsredogörelsen för kommunen. Den hade inneburit extra arbete på kvällar. Huset i Torslanda hade fått en vattenskada i ett av badrummen och tog också hans fritid. Det blev kontakter med försäkringsbolag och byggfirma och att bestämma den nya inredningen. Sanna var i väg på kurser, reste i arbetet som revisor till kunder. Barnen var förkylda och fick vara hemma med en förälder. Det var alltid något som hindrade att Johan hade möjlighet att träffas, samtidigt lät det också som att Johan gjorde det mesta i hemmet. Det var inte Gunnars bild av deras uppdelning av hemarbetet, de verkade dela det mesta bra. Eller var det så det lät, för att Johan inte ville träffas?

Det var redan oktober, fyra månader sedan de senast sågs på kalaset. Gunnar föreslog desperat att han kunde komma till Johans arbete på kommunen i Kungälv. De kunde ta en kaffe när Johan slutade arbetet eller en lunch ihop, det skulle inte ta lång tid. Johan slingrade sig som en ål. Det gick inte, fanns inget bra ställe att fika, fullt av folk på luncherna och gick inte att prata. Gunnar tröttnade och frågade honom rakt ut, varför han inte ville träffas. Det har jag inte sagt, sa Johan surt. Plötsligt dök en ledig tid upp och Johan föreslog att de träffades på fiket vid mataffären i Torslanda, han skulle ändå veckohandla.

Gunnar var först på plats, satte sig vid ett bord längst in i lokalen. Han hade förväntat sig ett trevligare ställe. Kaféet var helt enkelt en inredd hall mellan två byggnader. Den ena byggnaden var livsmedels-

116

affären och den andra byggnaden innehöll flera mindre verksamheter såsom apotek och klädaffärer. Stora glasfönster täckte den ena sidan från golv till tak och det var där som de flesta av borden var. Det var inte stället man valde för en längre trevlig pratstund, tänkte Gunnar och betraktade det enkla funktionella vita bordet och stolarna i svart laminat, med glatta, hårda ytor. Men om det var på det sättet Johan föredrog, fick han acceptera det för att få en möjlighet att träffa sin son.

Johan kom insläntrande, inte stressad som Gunnar hade förväntat sig med tanke på det han hade sagt. Johan frågade på några meters håll, såg över honom som om det var någon bakom han talade med, om de skulle beställa direkt. Gunnar reste sig, hängde jackan på stolen, lade mössan som han hade hållit i handen på bordet. Det blev kaffe och surdegssmörgås med kalkon och ost. Johan tog en kopp kaffe, sa att han skulle äta middag senare med familjen. Smörgåsen var god, en stark vällagrad ost, skivor av sallad och tomater samt en rökig kalkonskiva med någon röra på. Gunnar fick bita i ordentligt för att komma igenom den hårda, kraftiga skorpan, samtidigt var han rädd för att bita av en plomb. Johan läppjade på sitt heta kaffe, tittade ut genom fönstret på folk på väg till eller från affären med stora kundvagnar som skallrade mot asfaltsvägen.

"Hur är det?" undrade Gunnar och försökte fånga hans blick.

Han ville att samtalet skulle kännas naturligt, men stämningen var tryckt. Johan tittade fortfarande inte på honom, blicken flackade ut mot parkeringen och tillbaka runt om i kaféet.

"Det är bra, det är intensivt bara. Oktober och november är det alltid hysteriskt på arbetet. En hel del hemma med", svarade Johan, lät som han pratade till någon han kände ytligt.

"Johan, det har gått lång tid som jag inte har träffat dig, snart fyra månader. Det är ledsamt, jag saknar dig."

Det var ingen bra början, insåg Gunnar. Johans ögon blev blanka, han knöt händerna och tog ner dem från bordet.

"Har du pratat med Lena?"

"Ja, det är klart att jag har", svarade Johan aggressivt.

"Ska vi inte börja träffas igen – och prata, inte bara korta sms?" frågade Gunnar.

Johan skruvade på sig, stirrade på Gunnar.

"Du förstår verkligen inte", sa han dovt, mån om att ingen annan skulle kunna höra. "Hur kan du träffa en annan, när ... mamma nyss har gått bort. Lena och jag har diskuterat, vi tycker att du agerar märkligt. Lena sa att du antagligen inte mår bra, att du ..."

Gunnar avbröt honom. Förstod att Lena hade en stor påverkan på sin lillebrors uppfattning.

"Men Johan, det är vad *du säger* jag vill höra, Lena får prata själv. Ni måste inte tycka samma!" sa Gunnar upprört.

"Jag tycker *också* att det hela är skumt. Bara ett halvår efter att mamma har begravts, så har du en annan ... den där kvinnan." Johan höjde omedvetet rösten.

"Hon heter Marita! Jag vill framöver att du och Sanna och barnen kan träffa oss – men nu vill *jag* först och främst träffa dig. Du är min son!"

"Dina barnbarn då? De ska inte behöva bli inblandade när deras farfar beter sig så mot deras farmor. Lena sa att du behöver gå och prata med någon ... en psykolog och reda ut dina tankar och känslor. Det tycker jag med!"

"Jaså? Det tycker ni?" sa Gunnar och hörde att han lät sarkastisk, vilket inte var avsikten. "Det kan väl inte vara svårt att vi träffas, så kommer ni se att Marita är en trevlig kvinna, som jag tycker mycket om – och det behöver jag inte gå till en psykolog för."

"Pappa, du skulle höra dig." Johan andades häftigt. Röda fläckar hade blommat upp på hans hals. "Det är som Lena säger. Du har blivit gubbsjuk, är det en ung kvinna också eller?"

"Nej, hon är inte ung, hon är sextiosex år. Vad menar du att jag skulle vara gubbsjuk? För att jag har träffat en kvinna? Tänk på vad du säger. Det är mitt val och inte ditt val och inte Lenas val hur jag lever mitt liv! Jag vill att du ska veta att jag inte tycker mindre om din mamma ..." Gunnar blev avbruten.

Johan reste sig snabbt, stolen vinglade till bakom honom och han fångade upp den. Blicken från honom var fylld med bitterhet. Var det hat också, var det möjligt? Hans son?

"Du ...", fortsatte Johan där han stod lutad mot bordet och tittade ner på honom. "Du behöver tänka över ditt beteende. Till dess vill jag inte träffa dig som du är nu och som den du har blivit!"

Johan gick i väg, som om han var jagad. Gunnar såg på sin halva smörgås som var kvar, vek servetten runt den, tryckte ihop den hårt. Strupen snördes samman och tårarna trängde fram. Han reste sig och gick ut genom glasdörrarna, snöt sig i pappersnäsduken, tog fram en ny och torkade sig i ögonen. Han vinnlade sig om att inte börja gråta den korta promenaden till bilen på den stora parkeringen.

Oktobermörkret skyddade honom från andra människors blickar. Han satte sig i bilen och där kom det ut, han hulkade och snöt sig och hulkade och torkade ögonen. Det här var den värsta mardröm han kunde tänka sig. Vad hade hänt med barnen? Hans barn? Han fick aldrig chansen att förklara att han inte tyckte mindre om deras mamma för att han hade träffat en ny. Men nu var läget som det var och han ville inte avsluta relationen med Marita. Han älskade henne. Det var kanske för snabbt, men vad skulle han göra? Och de ville inte ens säga hennes namn, de sa bara "den där kvinnan".

Bilen var kall och han började frysa. Nej, han skulle inte bli nedfrusen och sjuk. Det här måste lösas på något sätt. Lenas man var läkare precis som Lena, vad tyckte han? Han hade alltid varit trevlig och de hade en bra relation. Skulle han kunna göra något i konflikten? Gunnar startade bilen och körde försiktigt ut från den stora parkeringen, full med bilar.

KAPITEL 20

De försökte få ytterligare en timme till, men alla shuffleborden var fullbokade och de fick nöja sig med den timmen som de hade haft. Gunnar stod med ölsejdeln i sin hand och firade segern med Bengt. Jan och Benny var lika glada trots förlusten. Jan menade att i realiteten borde de ha vunnit, eftersom killen som hade sandat banan innan de startade hade sandat för lite, vilket hade orsakat förlusten. Bengt protesterade skrattande och menade att de själva hade ju kompletterat sandningen efter hand. Det var bara att acceptera vilka som *var* bäst.

De gick med sina halvfulla ölsejdlar nerför den breda mattbeklädda trappan till restaurangen på nedre plan. Restaurangen var i stort sett full, men de hade ett bokat bord. I restaurangen fanns de stora gängen från företagen som hade aktiviteter och restaurangbesök för sin personal, där fanns de kostymklädda herrarna och de välklädda damerna som hade affärsmiddagar, där fanns också de vanliga gästerna som Gunnar och hans sällskap.

De fyra var helt klart de äldsta gästerna, alla pensionärer runt sjuttio år. Men vi är piggast, sa Bengt och plirade med ögonen. Gunnar kunde hålla med om att Bengt var i särklass den piggaste, han som aldrig kunde sitta still, som hade tusen aktiviteter på gång. De blev hänvisade till ett runt bord vid fönstret ut mot gatan.

Utanför i novembermörkret flöt trafiken tät, de röda baklysena från bilarna blev som ett pärlband. Fortfarande trafik klockan arton, konstaterade Gunnar med förvåning. Fördelen med att bo i stan som han gjorde var att kunna promenera hem, slippa bilköer och överfulla spårvagnar och bussar. En promenad behövdes nog, han kände med handen på läderskärpet, dags att ta nästa hål. Livet med Marita innebar regelbundna mattider, annars fick Marita blodsockerfall, men också de godaste middagar och luncher som han hade ätit på länge. Till detta tillkom fika och restaurangbesök på stan. Vikten hade ökat stadigt och nästan börjat oroa honom, han som alltid varit smärt. Nu skulle Lena se honom, att han inte var mager längre och att han mådde bra. En tår kom direkt, snabbt fick han upp handen och fick bort den. Ingen av de andra hade märkt det, män var inte lika snabbsynta som kvinnor. Marita hade märkt direkt och känt av hans sinnesstämning, ibland var det bra, men ibland ville han inte ha hennes medömkan utan i stället försöka själv ignorera känslan.

De tittade i menyn, valde mellan hamburgare, fish and chips, grillade revben, laxfjäril, långkokt högrev och entrecote. När servitrisen kom tillbaka lämnade de beställningen. Gunnar tog grillad entrecote med cocktailtomater, friterad palsternacka och grönpepparsås. Och en ytterligare öl, en mörk, kraftig belgisk öl. Efter maten tog de kaffe och konjak och samtalet gled med berusningen från det ytliga, grabbiga till mer djupa ämnen. Bengt slog lätt med handen på Gunnars axel och sa klämkäckt: "Hur går det med barnen? Har det ordnat sig?"

Gunnar skakade på huvudet, taggen kom direkt och borrade sig in i bröstet. Han berättade att fortfarande hade varken Lena eller Johan hört av sig. Deras påståenden om att han behövde tänka över vad han hade gjort och att han borde söka hjälp var grymma. Marita titulerades med "den där kvinnan". Han fick inte träffa sina barnbarn. Ögonen fylldes av tårar, trots försöket att inte bli ledsen, gråten klarade han däremot att hålla borta. Det blev besvärande tyst kring bordet, när de såg hans bedrövelse. Jan sa: "Det är för jävligt, du har uppfostrat barnen, nu är de vuxna och då vänder de dig ryggen."

"Konstigt", sa Benny, "din dotter som är läkare. Jag trodde inte att en läkare skulle göra så?"

Bengt skakade på huvudet och sa: "Hade mina barn betett sig så när jag träffar mina kvinnor, vilket de inte har att göra med, hade jag skällt ut dem. Och jag hade sagt att om de vill ärva mig, får de ta mig fan träffa mig också."

"Det är inte lätt att göra barnen arvlösa", sa Jan. "Du ska veta att du inte är ensam – tyvärr. Jag har två kompisar som har råkat ut för samma sak. Den ene förlorade kontakten med sina två vuxna barn. Han var en hög chef inom näringslivet, fick en stroke i hjärnan och kunde inte arbeta, blev av med sitt vd-arbete, blev deprimerad och strax därefter tog frun ut skilsmässa. Hon försökte få ut så mycket pengar från honom som möjligt när han var dålig efter stroken och inte fattade vad som hände. Tack och lov förstod jag och en annan kompis och hjälpte honom mot käringen. Annars hade han kanske stått på gatan idag. Hon hittade på lögner om honom och då tog deras döttrar avstånd från honom. Det blev ännu värre när han träffade en ny. De kallade henne för häxan och jag vet inte allt. Det var viktigt för hans ex med anseendet i bekantskapskretsen och med pengar. Visa upp en fin fasad. En före detta vd som legat på sjukhus och som inte kunnat få ett nytt fint arbete igen. Det duger inte för fina kvinnor", sa Jan sarkastiskt.

"Tragiskt", sa Bengt, "och det andra fallet?"

"Det var en kompis som träffade en ny kvinna när han var gift. Hans gamla kvinna vägrade att skiljas och menade att han fick hålla på med kvinnor men hon ville inte veta. Han vänsterprasslade ett tag, men det blev kärlek och han skilde sig, men hon ville inte. Hon förbjöd honom att träffa de fyra barnen, de var fjorton till tjugoett år. Sa till barnen att han hade varit otrogen och barnen trodde på henne. Han lider av att inte få träffa sina barn, inte när de fyller år, inte komma på deras gymnasieavslutningar."

De satt tysta en stund. Gunnar blev oroad, mer nu än tidigare. Hur skulle det bli för honom?

"Har ingen av männen fått träffa sina barn? Inte fortfarande?" undrade Gunnar.

"I det andra fallet har det gått bra. När den gamla kvinnan träffade en ny man, ändrades allting. Den nye mannen hade också barn. Efter ett tag tog en av pojkarna kontakt med sin pappa och sedan kom de andra efter."

"Jag tror ...", sa Bengt fundersamt, "att det kan finnas narcissistiska drag hos de här två kvinnorna. Varför jag säger så, är för att mitt ex är narcissist. Det tog ett bra tag innan jag fattade. Hon försökte alltid förminska mig, vad jag än gjorde var jag aldrig bra nog, särskilt inte inför barnen. Jag fick kritik på ett utstuderat sätt, med blickar och tonen. Hon kunde säga nedsättande saker om mig inför andra, berätta om det jag misslyckats med. Hon visste alltid bäst och behövde vara i centrum. Jag tror att hon var avundsjuk på mig och tålde inte att jag skulle vara bättre. Tack och lov miste jag inte barnen efter skilsmässan, det kanske berodde på att båda tidigt hade flyttat i väg långt bort, USA och Australien, och där kan hon inte kontrollera och manipulera lika lätt."

"Det kan handla om annat än narcissismen", sa Benny, "de två fallen kan också vara vanlig härskarteknik, bitterhet och hat. I ena fallet förlorade kvinnan en fin position och i andra fallet handlar det om ren och skär hämndlystnad."

Röda julgirlanger hängde ovanför gågator och skyltfönstren var julpyntade i det novembergrå kvällsmörkret. Gunnar passerade Brunnsparken och gick Östra Hamngatan mot Kungsportsavenyn och vidare mot Götaplatsen. Han mötte de som var på väg hem eller de som skulle roa sig på något ställe i stan. Han drog halsduken tätare runt sig, några minusgrader, men en elak snålblåst försökte kyla ner honom. Det var skönt med promenaden hem, få tankarna bättre på plats. Pratstunden med grabbarna var behövlig, han var inte ensam om problemen med barn som inte ville veta av sin förälder. Hur många fanns det i hans situation, som led varje dag, varje stund av att vara utesluten från sin familj?

I morgon skulle Marita komma, det var ju onsdag. En sak skulle han sluta med. Det var inte viktigt längre. Han behövde inte snuset mer. Det skulle inte Lena kunna beskylla Marita för att ha orsakat. Ett leende spred sig över hans läppar. Han såg bilden framför sig, när Marita tittade upp mot hans ansikte. De söta fräknarna, hennes blå mandelformade ögon, så vacker hon var och tillitsfull. Han var helt förlorad, uppslukad av hela henne. Han hade aldrig trott att det var möjligt att känna en sådan kärlek och inte som äldre. Bara han tänkte på henne fick han fjärilar i magen. Skulle han avsluta relationen med Marita för att få tillbaka barn och barnbarn? Men han skulle sakna Marita alldeles förfärligt, blotta tanken gav honom ångest. Och han skulle vara ensam igen. Marita skulle säkert hitta någon ny, så trevlig och vacker som hon var. Vilket val – hans älskade barn och barnbarn eller en underbar kvinna att dela sitt liv med.

KAPITEL 21

Marita satt i soffan och läste tidningen, tittade på Gunnar som satt i sin älskade slitna fåtölj där armstöden var nötta. Han hade läst i den historiska tidningen under en lång stund, men inte bläddrat en endaste gång. Blicken fästad på innetofflorna, pannan veckad och ett hårt tag i tidningen med båda händerna.

"Gunnar?"

Han tittade upp på henne, förvirrad som om han befarade att hon hade frågat honom flera gånger.

"Ska du inte ta och ringa Hans. Du har ju pratat om det. Gör det nu. Det är ingen idé att vänta längre."

Gunnar tog ett djupt andetag, det kom en lång utandning. Han var tyst.

"Nå?" sa Marita mjukt.

Hon ville inte driva honom för hårt, men samtidigt, det hände ju inget. Alla stunder med hans talande tystnad. Den glade Gunnar de första månaderna hade förbytts till en Gunnar som var dämpad och tankfull. Ibland försvann han, visade sig ligga i sängen, nedstämd och stirrande upp i taket. Hans barn borde ha fått se vad de hade orsakat, ibland kunde hon känna en bitterhet mot deras beteende. Hon önskade att hon hade kunnat göra något. Men vad? Hon ville inte vara den som gjorde att konflikten blev värre om hon lade sig i.

"Jag ringer, jag gör det i arbetsrummet", sa Gunnar, "men han kanske är på sjukhuset. Då vill jag inte störa."

Det lät som om han hoppades att inte få tag i svärsonen, tänkte Marita. Gunnars tunga steg mot arbetsrummet var tydliga och dörren stängdes. Gunnar drog upp mobilen ur byxfickan, satte sig i kontorsstolen och stirrade på den. Hur skulle han planera samtalet? Han ringde sällan till Hans, alltid till Lena. Det var bara när Lena hade fött barn och de första barnaåren som han kontaktade Hans. För varje signal som gick fram, ökade hans nervositet. Sedan slutade signalerna.

"Hej det är Gunnar."

"Hej", sa Hans.

"Hur är det? Med dig och familjen?" sa Gunnar forcerat.

"Bra. Jag är på väg till padel med en kollega på avdelningen, jag ska åka strax. Vi ska arbeta direkt efter. Det är bra, mycket att göra. Tyvärr strul med att hitta ny städerska hemma, den gamla har slutat, hon fick ett annat jobb. Det var ju inte bra för oss, med övertider och annat."

"Det begriper jag. Ni jobbar mycket – och med stort hus och barnen. Du ... jag tycker att det är tråkigt det som har hänt. Det förstår du säkert. Jag saknar er alla, jag saknar barnbarnen och ..."

"Det är ingen idé att du pratar med mig. Det är bättre att du pratar med din dotter i stället. Det är inte min sak, jag vill inte lägga mig i. Jag måste gå nu, kollegan väntar."

"Men Hans, det gäller barnbarnen också, dina barn. Jag förstår inte, det verkar vara att jag har träffat en kvinna för kort tid efter att Ann-Margret gick bort och ..."

Hans avbröt honom bryskt.

"Jag sa tydligt att det är Lena som du ska prata med, blanda inte in mig i er konflikt."

Hans lade på. Utan att säga hej. Det är obegripligt, tänkte Gunnar, befinner jag mig i en mardröm? Han satt en lång stund, hörde försiktiga knackningar på dörren och ropade att han var klar. Marita gick in och höll ett glas whisky i handen.

"Det här behöver du."

Han tog tacksamt emot det lilla tulpanformade glaset, tog en djup klunk av den bärnstensfärgade vätskan som sakta fick rinna genom strupen. Han blundade och njöt av den rökiga, kraftfulla smaken, tänkte på de skotska hedarna med torven. Att han ägde en liten, mycket liten bit av torven. Torven som tillhörde destilleriet skulle räcka i tusen år till, den behövdes för röken som förstärkte den kraftiga, aromatiska whiskysmaken. Precis som torven var hans tid ändlig. Han öppnade ögonen och betraktade henne. Hon stod i sin vita långskjorta och med blommiga tights under, blicken ängsligt forskande på honom. Varför skulle hon, snälla människa, behöva bli indragen i hans helvete. Hon gick närmare, slog armarna runt honom där han satt i arbetsstolen och kramade hårt. Han lade sitt huvud mot hennes rundade mage, hörde det tickande hjärtat. Efter en stund släppte ångesten och spänningen i kroppen.

"Vad ska jag göra?" sa Gunnar. "Det är hopplöst."

"Älskling, jag vet inte. Jag trodde att Johan och Hans skulle tänka annorlunda. Du har ju sagt att de är mjukare. Alla verkar tycka samma, till och med Sanna som ofta är på tvärs emot Lena. Om jag förstår dig rätt är det Lena som påverkar och styr Johan och övriga. Jag har inte träffat Lena, berätta, hur är hon?"

"Jag vet inte vad jag ska säga." Gunnar tystnade, tittade ut över centrala stan, de glittrande ljusen som i blåsten såg ut att famla i mörkret.

"Hon har alltid haft mycket lätt för sig. Högsta betyg i allt. Tävlingsinriktad, även i sport. I handboll skulle hon vara bäst. Stackars Johan som aldrig nådde upp till hennes nivå. Men han var aldrig avundsjuk, utan avgudade sin storasyster. Hon blev läkare, utbildningen genomförde hon snabbt, där träffade hon Hans. Båda har arbetat på Sahlgrenska hela tiden men inom olika specialiteter. Jag vill inte säga att hon är hård men hon vet vad hon tycker i alla lägen och får lätt över andra på sin sida. Hon kan argumentera väl för sig, det är svårt att säga emot. Hon är i vilket fall som helst inte den mjuka, empatiska personen, som sin lillebror. Men nu verkar Johan konstigt nog reagera starkt och inte med omtanke om mig. Jag tror att han saknar sin mamma enormt mycket, det är nog det som gör det."

"Är Lena självcentrerad?" undrade Marita.

"Möjligt. Efter att hennes mamma dog upplever jag att hon på något sätt har tagit över som familjeöverhuvud."

Gunnar skrattade bittert och fortsatte: "Jag har aldrig varit den som varit särskilt drivande i familjefrågor, det var alltid Ann-Margret. Jag är kanske svag, menlös? Borde kanske ha visat mer styrka och varit tydlig med vad jag tycker. Inte alltid ge mig för husfridens skull som jag har gjort. Men jag är sån att jag inte behöver ha rätt jämt och jag måste inte bestämma. Det spelar oftast inte någon större roll." Gunnar såg ner i golvet, kroppen nedtyngd, han satt hoptryckt.

"Du är fin som du är. Men bara för att du är mjuk och lugn och inte pådrivande, får inte Lena och Johan utsätta dig för det de gör." Marita funderade. "Jag vet inte vad du ska göra i nuläget, mer än att avvakta. Jag tror att dina barn kommer nog om några månader."

"Tror du? Jag hoppas du har rätt men, tyvärr ... jag tvivlar på att det går fort", sa Gunnar dystert. "Om det är så att det gick för fort att träffa dig – vad kan jag göra åt det nu? Jag kanske ska fråga dem vilken tidsperiod som de kan acceptera eller anser vara korrekt", tillade Gunnar bittert.

"De kan nog inte svara på det. Nu får du inte tycka att jag är oförskämd. Jag vill hjälpa dig så mycket jag kan men jag är ingen expert och jag vet inte vad du ska göra. Du kanske skulle prata med någon som kan sånt här? En psykolog? Eller en terapeut?"

Gunnar var tyst, tog in hennes ord.

"Kanske inte fel, jag ska fundera över det."

Marita log mot honom.

"Ja, gör du så. Nu går vi och fixar middagsmat och glömmer detta ... för en stund i alla fall."

Hand i hand gick de mot köket. Marita kikade upp mot hans ansikte i smyg, han såg något gladare och ljusare ut. De fick inte knäcka honom!

KAPITEL 22

Frukosten var framdukad på köksbordet. Blå kaffekoppar och assietter matchade de blå tabletterna och den blåblommiga löparen i linne. På bordet fanns kokt ägg i varsin äggkopp. Tre sorters inlagd sill, kaviar, frallor, knäckebröd och ost, en vällagrad cheddar och en bit brie. Juice, men också färsk frukt som apelsinhalvor och äppelklyftor i en skål. Kaffet fanns upphällt på termos. Tidningen låg i två delar på andra sidan av bordet, för att kunna läsas när frukosten var klar. Så hade deras rutin för en lördagsfrukost blivit. På söndagarna var rutinen att Gunnar stekte bacon under full fläkt och Marita lagade äggröra i en rostfri kastrull. Till detta rostat bröd, flera sorters marmelad och ost samt te bryggt i en tekanna. Frukosten avslutades med kaffe till tidningsläsandet.

I knastret av knäckebröd tänkte Marita på den särskilda dagen i almanackan och det hade hon gjort ett bra tag.

"Du fyller sjuttio snart? Det är bara fyra veckor dit. Har du tänkt något?"

"Inte mer än att jag *inte* vill ha kalas, barnen kommer ju inte", sa Gunnar ansträngt och tog en mun kaffe.

"Okej, men du har ju vänner, ska du inte bjuda dem? Du kunde till exempel ha en middag på kvällen, det behöver inte bli omständligt. Jag har inte träffat dina vänner mer än Bengt. Hade varit kul att se alla med respektive."

"Jag vet inte, jag ska fundera på det."

En timme senare stod Gunnar i hallen i radhuset, med sin svarta väska med klädombyte, bok och necessär och väntade. Marita var i köket, fokuserad på kvällens dambjudning och om hon verkligen hade allt hemma eller skulle behöva kompletteringshandla. Kanske skulle hon kunna följa Gunnar en bit, men avvika till affären. Gunnar harklade sig högt. Marita insåg att han hade fått vänta länge och rusade ut från köket, hon hade kommit fram till att allt fanns hemma som behövdes för kvällen. Gunnar tog ett hårt tag om hennes midja, kramade samtidigt som hon fick en lång kyss.

"Ha det riktigt kul ikväll med dina vänner, vi ses i morgon när du kommer. Jag längtar redan", sa Gunnar och släppte taget om henne.

I dörröppningen såg hon hans resliga rygg försvinna i väg mot parkeringen. En sådan härlig man, tänkte hon, vilken tur jag har haft. Hon log när hon tänkte på det eviga packandet och resandet. Han kom med sin bil, hon däremot tog bussen när hon skulle till honom. Han med sin svarta väska, hon med ryggsäck och en mindre svart väska. Båda med böcker och ombyteskläder.

Nattkläder behövde de aldrig, de låg nakna, tätt sammanslingrade och njöt av varandras varma kroppar. Den sensuella känslan av att känna doften från den andra och värmen. De härliga smekningarna som gav njutning. Inte spelade det någon roll att deras kroppar var gamla, kropparna var lika mjuka, sköna och känsliga som hos en ung. Det tog längre tid, men varför behövde allting gå fort och dessutom, tid hade de. Så här kärleksfull hade hon aldrig upplevt sin tidigare relation. Sex ibland, men utan att vara riktigt nära varandra med känslor och ömhet. Kanske fanns ändå ömhet de första åren, men hon mindes det knappt. Nu var hon faktiskt tacksam för att Lars hittade en ny och för deras skilsmässa, även om smärtan då var stor och känslan bitter av att känna sig ratad för en yngre. För henne blev det en möjlighet att få uppleva ljuv kärlek med omtanke och ett liv tillsammans och inte bredvid varandra.

Fem vänner som kände varandra sedan lärarhögskolan. Det var bara Sylvia som inte hade fortsatt att vara lärare. Hon tröttnade på ungdomar, stressen och administrationen som bara ökade och valde en annan bana, att arbeta med kommunikation och media på ett försäkringsbolag. Gunilla var den av vännerna som skapade härliga diskussioner genom sitt provocerande sätt. Eva som alltid tog det säkra före det osäkra i livet. Lottie som berättade dråpliga historier om sitt liv, om maken och som inte heller var rädd att lämna ut sig och Sylvia som stod henne närmast, som hon öppnade sig mer för.

Kaffet och efterrätten var avklarad. I de små vita nu tomma porslinsformarna hade funnits gyllengul crème brûlée och där ytan av socker hade bränts av med flamma för att få den knäckiga ytan. Vännerna flyttade sig från matsalsbordet till soffan för att sitta mer bekvämt. På vardagsrumsbordet lyste två ljusstakar i mässing, med profilerat skaft på rund fot, de hade en särskild betydelse för henne. Hon hade fått dem från sin pappa en gång i tiden, dessa som han hade ärvt i sin tur. Hur gamla var de egentligen? När de lyste tänkte hon emellanåt på sin pappa som hade gått bort för tidigt.

"Hur går det med kärlekarna?" frågade Gunilla och tittade på både Sylvia och Marita, som tittade på varandra. Vem skulle börja?

Sylvia hade träffat en man via sin kör och sedan hade det gått fort. De hade flyttat ihop redan efter fem månader till mannens lägenhet. Marita tänkte att det måste ha underlättat att ingen av dem hade barn. Sylvia hade inte träffat rätt man när hon var i barnafödande ålder och hade missat möjligheten. Marita hade frågat Sylvia om varför mannen inte hade barn. Det var något om få eller dåliga spermier, hade Sylvia förklarat.

Tankar hade växt inom henne om att flytta ihop med Gunnar, men hon ville inte föreslå det, utan vänta på vad Gunnar tänkte. Ett hinder var den oklara situationen med hans barn. Skulle de överhuvudtaget kunna acceptera henne om de flyttade ihop? Eller skulle de bli ännu mer irriterade? Vännerna kände inte till problemen med Gunnars barn. Hon hade ju trott att det skulle lösa sig och hade inte haft behov av att berätta om struliga, vuxna barn och ville heller inte ställa dem i en dålig dager. Marita tog ett djupt andetag.

"Det är bara bra med mig och Gunnar", Marita höll upp en kort stund, "men det är problem med hans barn, inte med mina."

Marita berättade om det som hade hänt, samtidigt tittade hon på dem, en efter en, stannade till ett ögonblick när hon såg Gunillas misstänksamma min.

"Kan det inte ligga något i vad barnen säger?" sa Gunilla. "Det är ju ganska kort tid med ett halvår – det är ju deras egen mamma som har gått bort, det kanske inte är konstigt."

"Man kan tycka olika", sa Marita och blev obehagligt spänd, "men frågan är om det är barnen som ska bestämma över Gunnar, vad han får göra eller inte?"

Gunilla satte sig rakt upp med koncentrerad blick på Marita. De andra lyssnade intensivt. I takt med ljusens fladdrande hade spänningen i rummet successivt ökat.

"Men vet du egentligen vad som har hänt?" fortsatte Gunilla. "Han kanske inte har varit helt ärlig?"

"Jo", svarade Marita trotsigt, "jag känner honom och vi är ärliga mot varandra – vad menar du?"

"Jag förstår att du är glad i Gunnar men du vet väl, *ingen rök utan eld*", sa Gunilla och försökte skämta till.

Ingen skrattade eller log ens.

"Jag vill inte vara taskig, men var försiktig så du inte går på en mina bara. Jag säger det i all välmening och omtanke", sa Gunilla, lade huvudet på sned och försökte se mer omtänksam ut.

Inom Marita växte taggen, men hon ville inte visa hur sårad hon hade blivit. Påståendet som hade känts som ett påhopp. Trodde Gunilla att hon var dum? Hon var ingen tonåring som gick blint in i ett nytt förhållande. Ibland kunde Gunilla vara irriterande med sina spontana så kallade omtankar som mer blev som knivar i ryggen. Sylvia rörde sig oroligt.

"Jag har träffat Gunnar", sa Sylvia, "han är jättetrevlig. Jag tror inte att det skulle finnas något som du påstår."

"Jag *påstår* inte, jag vill bara inte att Marita råkar illa ut. Vi glömmer detta", sa Gunilla.

Gunilla kanske glömde, i Marita satt en liten tagg kvar i hjärtat. Stackars Gunnar, inte nog med att hans barn hade lämnat honom, nu trodde en väninna att det var Gunnar som det var fel på. Den här episoden skulle hon *inte* berätta för Gunnar, han skulle bli ledsen och hon ville inte hälla mer salt i såren på honom.

Gunilla hade levt med samma man sedan hon var nitton år. Hon berättade sällan om honom, ibland fanns en antydan om att hon var irriterad på honom. Var det en bra relation eller var det en mindre bra som bara fick fortgå? Var det mer avundsjuka än så kallad omtanke hon visade?

Lottie räddade kvällen med att berätta om sin galne make, som hade byggt en bastu på sitt sätt. Eftersom maken hade tummen mitt i handen fick till slut snickaren komma och göra om det mesta och bygga klart. Vi kanske ska ta en dammiddag med bastu nästa gång vi träffas, föreslog Lottie och alla sa ja med eftertryck.

På kvällen efter att vännerna hade gått skickade hon ett sms från sängen och hoppades att han inte hade sin mobil vid sängen och väcktes av ljudet. Behovet av att träffa honom kändes tydligt efter det som hade hänt under kvällen, det var som om hon vill övertyga sig själv om att det som Gunilla hade sagt var fel, fullständigt fel. Hon skrev kort att middagen hade gått bra, att hon längtade efter att få träffa honom nästa dag, lade till några hjärtan och skickade i väg. Det gick några sekunder och svaret kom. Hon tittade på klockan, halv ett, var han fortfarande vaken? I sms:et fanns fem röda hjärtan och de tre orden, jag älskar dig. Därefter – god natt från en sovande Gunnar.

KAPITEL 23

Mörkret omslöt henne lika mycket som Gunnars starka arm där de stod och lyssnade på julmusiken. Den råa, fuktiga vinden fick inte längre samma möjlighet att kyla ner henne, som när de hade promenerat från Kronhuset och hon hade huttrat konstant. I Kronhuset och i närliggande Kronhusbodarna hade de betraktat konsthantverk i textil och keramik, de hade tittat på vackra smycken och utsökt träslöjd. De hade handlat på julmarknaden, köpt marsipan, knäck, julsenap, nytillverkade praliner, handmålade julkort och druckit glögg.

När de kom till Brunnsparken och skulle gå mot Avenyn, hördes vackra julsånger sjungna av unga röster. De bestämde sig för att ta en omväg och gå mot rösterna. På Drottningtorget fanns den sjungande granen, en barnkör som stod på en ställning i form av en gran. De lyssnade andäktigt, njöt av julsångerna i stämmor och det visuella runt om i mörkret. Dagtid var Drottningtorget ingen vacker plats, men i mörkret genomgick torget en förvandling. De gulmatta ljusen från gatlyktorna gav ett gammaldags skimmer. Färgglada lysande juldekorationer i skyltfönstren och den stora julrosetten på ett av hotellen gav den julstämning som behövdes för Drottningtorget.

När den sista sången hade klingat av och ungdomarna gått ner från ställningen, vandrade Gunnar och Marita hemåt till Guldheden. Gunnar berättade om en upplevelse som ung i jultid, men Marita försvann i tankarna och gick tyst bredvid. Om en vecka skulle de ha sjuttioårskalaset hemma hos Gunnar. Tre vänner med respektive skulle komma samt Gunnars äldre bror, Inge med sin fru. Det som gnagde i Marita var detta med Gunnars barn. Ingen av dem hade hört av sig och Gunnar vågade inte ringa och fråga om de ville komma på kalaset. Marita förstod honom, att han inte orkade höra svaret. Hon ville hjälpa honom och göra något bra. Han som var snäll och omtänksam, hur kunde de behandla honom så? Han hade inte gjort någon kriminell handling, inte sagt något elakt, inte betett sig på ett tvivelaktigt sätt. Bara gått vidare i sitt liv och kanske för tidigt men behövde han straffas för detta, hur länge och på ett sådant sätt?

Ett tag hade hon funderat och ställt sig frågan; skulle hon ringa dem och bjuda till kalaset, som en överraskning till Gunnar? Det kändes på ett sätt fel att inte kontakta hans barn. Samtidigt hade de tydligt deklarerat att de inte ville ha kontakt, men frågan var om de skulle ändra sig, det var ju deras pappas sjuttioårsdag? Senast i morgon borde hon ha bestämt sig för hur hon skulle göra, med bara en vecka kvar till kalaset.

Strax efter söndagsmiddagen, som de åt tidigare, åkte hon hem. Hon skyllde på att hon behövde hjälpa en väninna med en överklagan till en myndighet. Det skulle hon också göra, men på måndag. Som gammal svensklärare, var hon ibland anlitad av vänner när det handlade om att författa olika typer av skrivelser. Nödlögnen kändes otrevlig, även om ändamålet var gott.

När hon kom hem satte hon sig vid köksbordet. Mobilen låg bredvid pappret där hon hade skrivit upp Lenas och Johans mobilnummer. Hon beslöt sig för att börja med Lena. Om Lena kom, skulle säkert Johan också komma. Hon tänkte fråga om de ville komma på kalaset med de andra gästerna eller tidigare på dagen.

Det här telefonsamtalet liknade inget annat samtal av alla svåra som hon hade haft genom åren. Samtal till föräldrar som hade barn i de klasser som hon var klassföreståndare för. Svåra samtal när det gällde barn som slarvade med skolan eller som hon misstänkte höll på med droger. Barn som inte mådde bra och där föräldrar behövde göra en insats. Det fanns också de andra barnen som inte hade föräldrar som brydde sig, det gjorde ont i hennes hjärta när hon visste att det var så lite som behövdes för att få en ung människa på rätt köl. Hon slog numret och en röst svarade: "Lena Rickardsson."

I bakgrunden hördes stojet av ljusa flickröster. Lenas röst lät som hos en myndighet, bestämd, men trött. Kanske trodde hon att det var en försäljare som hon behövde avspisa.

"Hej, jag hoppas inte jag stör. Mitt namn är Marita Holm. Jag är ..."

Marita stannade upp, hur skulle hon beskriva sig för att inte samtalet skulle bli fel från början? Hon fortsatte, snubblade på orden i början men fick sedan kontroll på sig och orden flöt tryggt. "... din pappas nya, nära vän. Jag hjälper din pappa inför hans födelsedag om en vecka, han ska ha ett kalas på kvällen. Det hade varit roligt för din pappa om du och din bror ville komma och jag ser verkligen fram emot att få träffa er, Gunnars barn. Jag undrar om ni ville komma själva på dagen eller till kalaset på kvällen?"

Marita tystnade. Hon väntade. Sekunderna gick.

"Jaha. Så han kan inte ringa själv längre? Jag kan inte säga på rak arm, vi har mycket runt omkring oss som händer nu. Jag återkommer, hej då."

Samtalet var slut. Gick det bra? Marita kände en viss förhoppning, Lena hade i alla fall inte sagt nej. Synd att hon ogillade att det var Marita som bjöd in. På ett sätt kunde hon förstå ogillandet, men i detta läge? Nu var det dags för samtalet med Johan.

"Det är Johan."

Rösten lät glad och trevlig. Skulle detta samtal gå bättre? Marita presenterade sig på samma sätt, nu med säkrare röst än i samtalet med Lena. Johan svarade direkt, utan den tystnad som rådde i samtalet med Lena.

"Ehh ... jag vet inte. Det kom plötsligt. Jag måste kolla med min fru. Jag återkommer."

Återigen ett kort samtal med besked om att återkomma. Nu var det bara väntan som gällde. Marita gick upp till andra våningen, till sitt arbetsrum. Det nya livet med Gunnar, resor fram och tillbaka varje vecka, hinna med vänner och allt praktiskt, det var orsaken till att skrivbordet var kaotiskt. Högar med betalda räkningar, skrivelser, kvitton, fakturor, boxar, lösa papper som inte hade kommit in i pärmar och skåp. Nya böcker som hon hade beställt, oftast flera åt gången, både på svenska och tyska låg på skrivbordet orörda. Tyskan höll hon fortfarande vid gott liv genom att läsa de tyska författarna på originalspråket. Skrivbordet var helt enkelt belamrat på ett sätt som det tidigare inte hade varit. Hon började röjningen.

Signalerna hördes från köket och hon gick snabbt nerför trappan, visste att trapporna ner tog fyra signaler. Hon längtade redan efter att höra Gunnars röst, den varma och innerliga.

"Det är Lena Rickardsson. Jag och Johan har diskuterat det du har föreslagit. Vi är förvånade över att en vilt främmande människa bjuder in oss barn, till vår egen fars födelsedag. Vi vet inget om dig, vad du har för intentioner med vår pappa eller vad du är ute efter. Vi kommer inte på din ... så kallade inbjudan. Och du behöver inte ringa Johan, vi har samma uppfattning. Jag vill heller inte att du kontaktar vare sig mig eller Johan och inte heller våra barn. Våra barn ska inte behöva dras in i detta. Vår far behöver hjälp och stöttning, komma fram till sina fel och brister, det han *inte behöver* är att en främmande människa utövar en negativ påverkan."

Lena lade på. Hennes röst hade hela samtalet igenom varit kall, behärskad och med en obehaglig, tillbakahållen ilska. Samtalet hade tagit högst en minut. Marita stirrade förfärat på mobilen. Vad hade hon gjort? Hade hon förstört för Gunnar? Hur skulle hon kunna berätta för honom om samtalen till hans barn? Och det hemska som Lena hade sagt? Marita brukade inte gråta, inte som Gunnar som hade lätt till tårar, nu kom tårar utan gråt och hon snöt sig i hushållspappret. Drack en klunk kallt vatten och tog några djupa andetag för att få tillbaka lugnet, i stället för den iskalla krampen i hjärtat.

Hon gick med tunga steg upp till arbetsrummet. Skrev ner det som Lena hade sagt, daterade och stoppade in i pärmen för sparade viktiga dokument. Visste inte varför hon gjorde det i stället för att glömma. Kanske för att efterspelet till det hon hade gjort var okänt.

Klockan var åtta på kvällen när hon gick ut för en promenad runt i radhusområdet. Dimgrått mörker, ett fint duggregn som fuktade ner hennes kläder, men detta bekymrade henne inte. I radhusen såg hon upplysta fönster med ljusstakar, ljusgirlanger som hängde runt entrédörrar, buskar i trädgårdar med belysning, juldekorationer som renar och tomtar lyste i rött, vitt och grönt. Aldrig hade hon känt sig så ensam som i detta nu. Visste att de skulle höras senare ikväll, som de brukade. Hur skulle hon kunna vara vanlig på rösten? Hur skulle hon kunna se honom i ögonen med detta i vetskap om att hon, utan att ha fått hans acceptans, hade kontaktat hans barn?

KAPITEL 24

Gunnar öppnade ögonen, blinkade till, vred på huvudet och såg att klockan var halv åtta. Detta var dagen då han blev sjuttio år. Och i fyrtiotre år hade Lena funnits med honom och i trettionio år Johan. Han hade uppfostrat dem efter bästa förmåga med sin dåvarande hustru. Nu hade de vänt honom ryggen. Alla de samlade åren med deras pappa hade alltså ingen betydelse, när han hade gjort *ett* misstag. Och samtidigt, det bästa misstaget han kunde tänka sig.

Han vände sig försiktigt i sängen, ville inte väcka henne. Hon låg på rygg, ansiktet precis ovanför täcket. Fräknarna som han älskade, de mjuka fina ansiktsdragen så avslappnade, den varma härliga kvinnokroppen som gav honom närhet och njutning. Som kom med de kloka inspelen på hans vilsna frågor och sorgsna tankar om barnen. Som gav honom en trygghet och en tillhörighet. Hade någon tidigare sagt till honom, att man som sextionioåring kunde blir himlastormande kär, precis som när man var ung, så hade han inte trott på det. Att längta efter någon som han gjorde nu, varje dag, var en underbar känsla.

Det tråkiga var att han hittills inte hade fått chansen att berätta för barnen om hur bra han mådde, vilket härligt liv han levde. Smolken i bägaren var den tunga saknaden efter barnen, särskilt barnbarnen. Saknaden som i vissa stunder höll på att äta upp honom levande. Samtalen från de äldre barnbarnen hade helt upphört och han vågade inte ringa till dem. Hur mådde flickorna, vad tänkte de när inte längre morfar fanns runt dem som tidigare? Gunnar blinkade några gånger för att få bort det fuktiga som trängde fram. Han hörde en rörelse och vände sig mot henne. De blå ögon öppnades och munnen formades för att säga något, men Gunnar hann före och gav henne en kyss på munnen.

"Men jag ville säga grattis på födelsedagen", protesterade Marita med låtsad besvikelse och skrattade.

Efter frukosten tog de en långpromenad till stan och gick planlöst. Vädret var några grader plus med en svag vind, mestadels grå moln som fyllde novemberhimlen och lyckades täppa igen den blå bakgrunden. När de passerade Nya allén, den stora vägen genom centrala Göteborg, bestämde de sig spontant för Trädgårdsföreningen. De gick igenom parken med de nakna träden till Palmhuset, det gigantiska växthuset. En fuktig värme slog direkt mot dem när de steg in genom dörrarna till huset för palmer och andra tropiska växter. Därinne flödade ljuset, trots det svaga vintermörkret utanför, genom glaset som utgjorde byggnadens alla fasader. De gick bland julväxter som barrträd, julrosor, amaryllis, azalea och mossa.

Efter Trädgårdsföreningen tog de en fika på Korsgatan, upplevde minnena från kaféet där de hade träffats för första gången. Det blev därefter en rask promenad hem för att hinna förberedelserna för kvällens födelsedagskalas.

På både Östra Hamngatan och Kungsportsavenyn fanns en strid ström av lördagslediga människor i olika riktningar. Gunnar försökte titta bort, men ögonen drogs som en magnet till de förväntansfulla barnen, deras glada tillrop framför de julskyltade affärsfönstren och deras spontana hopp och skutt. Minnet trängde sig på om de fyra barnbarnen. Han saknade dem, till och med mer än sina egna barn. Tänk om de var här på den stora paradgatan Kungsportsavenyn – för att titta på julskyltningen som andra familjer? Vad skulle hända om de råkades? Den förtvivlade känslan kom åter – varför hindrades han att få träffa sina barnbarn? Varför behövde de bry sig om att han hade träffat en kvinna?

Marita hade ett särskilt känselspröt för hans sinnesstämning, nästan för sensibelt. Allt ville han inte dela, inte hela sitt lidande, ville skona denna varma och medkännande kvinna. Gunnar tittade rakt fram, men såg i ögonvrån att hon tittade på honom. Han tvingade sig att säga något för att inte oroa henne, om att det skulle bli roligt med kalaset, bra att det ändå blev av trots hans invändningar i början.

Tre timmar efter att de hade gått ut från lägenheten var de tillbaka för att sätta i gång med förberedelserna inför kvällens födelsedagskalas. Lägenheten kändes för varm när de kom in från vinterkylan, promenaden hade också varit rask den sista branta biten upp mot Guldheden. Marita bytte ut de vintervarma kläderna och tog på sig hemmaplaggen, leggings och en lång t-shirt, de som numera alltid fanns hemma hos Gunnar.

De hade planerat de tre rätterna tillsammans. Kantarellsoppa med en skvätt konjak som förrätt, klassisk slottsstek med gräddsås som huvudrätt och efterrätten blev Maritas hembakade jordgubbs- och marängtårta till kaffet. Hon började med huvudrätten och Gunnar med förrättssoppan. Kantarellsoppan var utifrån ett recept som Marita hade komponerat efter eget huvud, van vid matlagning utan recept. Gunnar kom på sig själv med att gnola en sång, om och om igen. Vilken sång det var kom han inte på förrän Marita en stund senare påpekade att det var ju julsången som de hade hört på stan, vid ett av de många juldekorerade affärsfönstren, Winter Wonderland.

Det var trevligt att förbereda ihop; han frågade försynt om de skulle ta ett glas vin eller om det var för tidigt. Gärna, svarade Marita och lyste upp, men du får fixa. Hon visade leende upp sina kladdiga händer.

Gunnar gick till vardagsrummet, till bokhyllan där viner och whisky förvarades, valde länge men såg sedan den speciella flaskan. Den var dammig, det var nog dags, tänkte han leende, medan han höll flaskan som ett barn som skulle döpas. Idag skulle de bästa vinerna drickas. Det fanns ytterligare flera exklusiva vällagrade men inte lika dammiga.

Då landade blicken bredvid, på hyllan där fotografierna stått och det tomrum som hade bildats. Två av fotografierna vara borta, de på Lenas barn, fotona som Lena hade tagit ifrån honom i somras. Kvar fanns två på Johans barn. Det slog honom att ännu hade ingen av dem ringt och gratulerat. Kanske skulle de ringa på eftermiddagen eller dyka upp och överraska honom på hans sjuttioårsdag. Han hade frågat Marita om maten skulle räcka om det skulle komma en extra vän som ville överraska. Vän, sa han, men tänkte barnen. Marita hade lovat att det fanns rejält med mat och tårta, det skulle det alla gånger. Han gick ut med flaskan till köket.

Fast han hade sagt till om "inga presenter", kom de tre vännerna med respektive med flera flaskor fin whisky, årgångsviner, blombuketter, presentkort och en nyskriven roman om Romarriket. När brodern Inge kom med sin fru blev han tårögd. Det var ett bra tag sedan som de sågs. Inge bodde i Sundsvall, därför blev besöken sällan, högst en gång per år. Inge och hans fru hade bokat hotellrum nära Götaplatsen, mitt i stan men inte långt från Guldheden, så helgen blev en trevlig weekendresa för deras del.

Ingen av gästerna körde bil denna kväll. Det dröjde inte länge förrän det blev stimmigt och skratten höga. Efter middagen slank Gunnar in på toaletten, hade under en längre stund förträngt sina pockande behov. Han och Marita hade hämtat och lämnat det som behövdes av mat, mer vin, ut med tallrikar och karotter, ny dukning för efterrätt, men så var det ju när man var värdpar. Han pustade ut på toaletten, nöjd med kalaset, hörde de glada skratten och de livliga diskussionerna. Varför hade inte han och de andra vännerna kalas oftare? Han såg sig i spegeln, röd om kinder och näsa, det slog honom att han lyckats förtränga barnen under hela kvällen, kopplat bort de oroliga tankarna. Nu skulle han ut till de goda vännerna och dricka mer vin och fortsätta glömma.

De satt i soffan, några på stolar från köket. Vinglas och kaffekoppar och avec stod på vardagsrumsbordet. Där och då kom frågan som han inte ville få denna kväll. Hans vänner kände till problemen med barnen, även hans bror, Inge. Tydligen hade Benny inte berättat tillräckligt för sin fru, Maggan.

"Jag hörde att du har haft strul med barnen, men har det ordnat sig? Har du blivit ordentligt firad av dem?" sa Maggan med ett brett leende.

Hennes kinder var röda och hon hade pratat med en röst starkare och högre än hon normalt gjorde. Pratet avstannade. Varför blev det så, tänkte Gunnar, det hade ju räckt att han och Maggan pratade, hon satt ju bredvid honom i soffan. Om han velat ta upp ämnet hade han gjort det, men han ville inte just denna kväll. Marita tittade med stel blick på honom, han undrade vad hon tänkte.

"Hm ... nej, vi har tyvärr ingen kontakt, jag hoppas att det kommer att ändra sig snart, det gör det nog."

Maggans leende försvann snabbt, det låg bekymrade veck i pannan. Hon frågade nyfiket vidare:

"Gud, vad hemskt. Jag skulle inte klara av om mina barn hade gjort så. Hur klarar du?"

Gunnar skulle svara, kanske hade han dröjt för länge, då Maggan fortsatte, intresserad av tragiken. Vad det vinet som gjorde henne okänslig för Gunnars visade ointresse att vilja prata om barnen.

"Men har du försökt igen? Det kanske är ett missförstånd?" Nu märkte till och med Maggan stämningen och insåg att hon behövde göra något. "Eller kanske de tror att du har blivit bergtagen av något väsen eller träffat en knasig kvinna som de är rädda för." Maggan skrattade högt och sökte med blicken runt för att få medhåll om att det var roligt, det hon hade sagt.

Marita kunde inte hålla sig längre.

"Gunnar har verkligen försökt, han kan inte göra mer än att vänta och hoppas att de ändrar sig", sa hon och stålsatte sig för att hålla en neutral min, stött av det Maggan sagt om knasig kvinna.

"Jaha", svarade Maggan, "tråkigt är det i alla fall."

Gunnar kämpade med att komma på något att säga, han gillade inte den tryckta stämningen, ville få tillbaka den lättsamma igen, den sköna festkänslan. Bengt slängde snabbt ur sig:

"Har ni hört vad min läkare sa häromsistens?" Han tittade sig runt. Karin, hans nya kvinna, skakade på huvudet, kände igen. Bengt fortsatte när han hade fått allas uppmärksamhet. "Han sa att han skulle skriva ut en medicin för min stelhet i fingrarna och att sen kunde jag säkert spela piano igen. Då sa jag – det var inte dåligt, doktorn, det har jag aldrig kunnat förut."

De skrattade, ett förlösande skratt som gav tillbaka festkänslan. Karin förtydligade att han inte hade varit hos doktorn, ett av hans dåliga skämt bara. Marita tänkte att med vin i kroppen blir alla skämt roliga.

Senare på kvällen efter att alla hade gått, stod Gunnar och Marita i köket och rensade bland disk, högar med tallrikar och assietter på diskbänken, glas och kaffekoppar som var avställda på köksbordet. Karotter och gratängformar ovanpå spisen. Marita kände sig lite påverkad, all blandning av alkohol som det hade blivit under kvällen hade inte gått att ha kontroll på. Gunnar var lätt berusad, så hade hon aldrig sett honom tidigare, han pratade sluddrigt. Hon tog ett glas från köksskåpet och fyllde med vatten och drack ytterligare flera glas. Det skulle hon säga till honom att göra också, annars skulle den goda sömnen utebli efter all den alkoholen i kroppen. Det var då hon hörde ljudet.

KAPITEL 25

Gunnar var blek, andades häftigt och stapplade vingligt i väg. Marita följde efter honom, fick tag i hans arm och frågade:

"Vad är det? Hur är det med dig?"

"Jag kan inte andas", kved Gunnar fram och skälvde till.

Han stupade i säng, lade sig på rygg ovanför överkastet. Han andades häftigt, stötvis, kroppen spändes och strax efter började han skaka. Marita tog hans ena hand, den var kallsvettig men inte bara det. Båda händerna var som i kramp, hon försökte få upp fingrarna, men det gick inte. Oron växte inom henne, det hade bara gått några sekunder, men det var som om tiden stod still och hennes Gunnar rasade ihop framför hennes ögon. Vad skulle hon göra? Vad det hjärtinfarkt?

"Gunnar, är det hjärtat? Ska jag ringa efter ambulans?"

Gunnar skakade på huvudet, sa inget, andades stötvis, stirrade upp i taket.

"Jag ringer SOS, vi kan inte vänta om det är hjärtat!"

Gunnar vände blicken mot henne, väste fram.

"Det ... är ... panikångest."

Panikångest? Det var inget som Marita kände till. Hade bara hört ordet, men förknippat det med fobier.

"Vad ska jag göra?"

Gunnar skakade långsamt på huvudet.

"Jag kommer strax", sa Marita och halvsprang till köket, hämtade ett glas vatten och mobilen. Tillbaka i sovrummet satte hon sig bredvid Gunnar, förde glaset till hans mun. Han tog mödosamt en liten mun, men ville inte ha mer. Den grå-vita yllepläden som låg vid korgstolen vid sidan om sängen lade hon på honom, lyfte upp kudden bättre under hans huvud och bröst. I mobilen slog hon upp "panikångest". Efter en stund som var som en evighet avtog den häftiga andningen och hon såg en antydan till leende.

"Stackars dig", sa Gunnar. "Blev du rädd?"

"Ja", svarade hon ömkligt. "Det var svårt att jag inte kunde göra något för dig och jag visste inte om jag borde ha ringt efter ambulans."

Gunnar bad om vatten, drack upp hela glaset och berättade. Som ung, när han studerade på Chalmers tekniska högskola, fick han sina första panikattacker och ångest.

Han blev stressad, det var omfattande kurslitteratur att ta sig igenom, laborationer som tog tid och studietakten var betydligt högre än på gymnasiet. Det var vanligt att många tog ett extra år eller halvår. Han bestämde sig för att inte ha några resttentor utan skulle ta examen enligt planen.

Vid det andra året kom den första attacken. Då trodde han att han skulle dö, i en timme skakade han och hans mamma ringde ambulans. På sjukhuset konstaterade man att det var en panikångestattack och att han i övrigt var kärnfrisk. De rekommenderade att han tog kontakt med en psykolog. Det gjorde han inte.

Halvåret senare fick han en ytterligare attack. Han tog kontakt med studenthälsan och en psykolog. Efter detta fick han inga fler panikångestattacker, däremot kom ibland en känsla av ångest som han lärde sig hantera under tiden han studerade. Efter Chalmerstiden fick han ingen ångest mer.

"Varför kom detta nu?" undrade Marita och svarade själv på frågan i nästa andetag. "Är det barnen?"

"Ja, kanske det. Det är svårt att låta bli att tänka på dem."

"Alkoholen kanske inte gör det bättre heller", sa Marita fundersamt. "Vi har ju pratat om detta med psykolog. Du kanske behöver hjälp. Det är inte bra om du blir sjuk eller får ångest."

"Jag ska ta en funderare. Just nu vill jag inte. Jag ser vad som händer." Gunnar suckade. "Jag är trött, riktigt trött. Jag behöver sova. I morgon blir jag nog mig själv igen."

Nästa dag efter frukosten tog de med sig kaffekopparna till vardags-rummet och satte sig i soffan tätt bredvid varandra. Gunnar hade sin hand på hennes knä och i andra handen höll han kaffekoppen. Marita tittade på Gunnar, nu såg han precis ut som vanligt igen. Det gick inte att ana att han hade legat och skakat i sängen på kvällen.

"Jag hoppas inte att du får tillbaka det där från igår", sa Marita.

Hon smekte honom på kinden som nu var stickig av skäggstubb. Igår hade hans kind varit len och mjuk att smeka.

"Jag hoppas inte det heller", sa Gunnar vemodigt.

Marita tänkte på hans barn, de borde veta vad han gick igenom på grund av dem. Inom sig vällde ilskan upp, hon ville ringa och skälla ut dem, säga att de var hänsynslösa och elaka. Hon satt tyst och knöt sina händer. Tänkte på att hon hade försökt få dem att komma på hans dag, men fått nej. Tänkte med en illa grimas också på misstaget hon hade gjort.

"Gunnar … det är en sak som jag vill berätta. För en vecka sedan … jag tänkte att eftersom det var din sjuttioårsdag så skulle det vara … det skulle kännas fel att inte kontakta dina barn när du skulle ha kalas. Jag ringde Johan och Lena och frågade om de vill komma under dagen eller på kvällen. Men jag fick nej. De blev inte så glada direkt över min fråga."

Hon avslöjade inte det otrevliga som Lena hade sagt, om att hon skulle vara ute efter Gunnars pengar och hade en negativ påverkan på honom. Om att Gunnar behövde hjälp, komma fram till sina fel och brister och att han var egocentrisk. Gunnar stirrade på henne med öppen mun, stängde och öppnade igen.

"Men Marita, vad har du gjort? … Du borde ha frågat mig!"

Gunnar suckade, han skakade på huvudet, släppte handen på hennes knä och ställde bort koppen på vardagsrumsbordet.

"Det var inte bra! Du borde inte ha gjort det. Jag förstår att du ville hjälpa mig men jag känner mina barn."

"Förlåt", sa Marita. "Förlåt, det var dumt av mig."

Hon skämdes, att det kunde bli så fel. Varför skulle hon lägga sig i, det var Gunnars sak, hans barn. Gjorde hennes misstag detta värre? Tyckte hans barn ännu sämre om henne?

KAPITEL 26

Tre dagar innan jul bar de in julgranen. Marita gick först och höll i toppen och Gunnar sist. I år ska jag inte ha plastgran, hade Marita bestämt deklarerat och skrattande tittat menande på Gunnar. Nu finns ju en karl som kan bära gran, hade hon tillagt med en skälmsk blick. Plastgranen fick ligga kvar i sitt fodral i förrådet. Dessutom, fortsatte Marita, älskar jag grandoften när jag kommer upp på morgonen.

Denna, deras första jul, hade de bestämt att bo två veckor hos Marita, med början strax innan jul och över nyårshelgen. Det var en lättnad att bo på ett ställe, slippa resande och packande. Båda såg fram emot det mysiga att få leva ihop under en längre period. Allt julpyntande, alla förberedelser och julfirandet skulle vara hos Marita. Gunnar kände ett lugn, det var så här han ville leva. Med Marita i ett gemensamt boende, med det var inget han hade sagt ännu till Marita. Han behövde avvakta och se när detta med barnen löste sig.

Efter kalaset med det tråkiga slutet hade han mått bra, inte fått någon mer ångest, det hade nog vänt. Han bestämde sig för att förtränga barnen, tänkte att tankarna på dem skadade honom.

De bar in granen till vardagsrummet där den gröna julgransfoten väntade på den rödgröna runda mattan i jute. Granen var redan tillyxad för att kunna ta upp vatten och Gunnar tryckte ner den i julgransfoten. Marita kröp in under granen och drog åt de skruvar som skulle hålla den på plats. Barren kliade henne i huvudet och fastnade i håret. Ännu luktade inte granen, men snart när den hade acklimatiserat sig till innetemperaturen skulle nog dofterna komma.

"Nu är vi inte ensamma längre", sa Gunnar och log.

"Granen?" sa Marita, "räknar du den som levande? Som sällskap?"
"Nej, men alla krypen i granen", sa Gunnar och skrattade.

Dagen innan julafton låg Gunnar i soffan och läste boken om Romarriket som han hade fått i födelsedagspresent. Goda, feta dofter strömmade emellanåt ut från köket och han drog in extra luft genom näsborrarna. Marita var i köket, det hade hon varit den senaste timmen. De hade hjälpts åt, men vissa av rätterna ville hon göra själv och på det sättet hon alltid hade gjort. Nu var han utkörd, förvisad till soffan för en stund när hon skulle göra julköttbullar och långkål samtidigt och ville koncentrera sig. Det dröjde inte länge förrän ögonen gick i kors och han somnade.

Drömde om att han seglade i Albrekts sund, den smala kanalen till Marstrand. På segelbåten hade han med sig små barn, de hade flytvästar som de ville ta av fast han sa nej, men de fortsatte att slita av sig dem. Han vaknade av en smäll från köket och hörde Maritas upprörda röst. Han ropade om han skulle komma och hjälpa till, men det behövdes inte, det var bara kastrullen som hade ramlat i diskhon, full med kokt grönkål, men det mesta var kvar i kastrullen.

Gunnar tänkte på drömmen, som hade börjat blekna, var det Lena och Johan som var barnen på segelbåten? Eller var det barnbarnen? Direkt kom tankarna som inte skulle komma. Vad gjorde Lena och Johan denna dag innan julafton? Och barnbarnen? Längtade barnbarnen efter honom? Vad tänkte de om att de inte fick träffa sin farfar och morfar? Skulle han ändå våga ringa Lena och Johan och önska god jul? Eller imorgon på julafton? Skulle de bli störda och var det bättre att ringa dagen innan? De kanske skulle fråga om han ville komma över en stund. Även om inte Marita kunde komma med skulle han gärna vilja träffa dem, om så bara för en kort stund. Det skulle kunna bli en början – och Marita fick komma med senare när de hade vant sig vid tanken.

Han ropade till Marita: "Jag går upp till arbetsrummet och ringer."
"Gör du så", hördes Marita från köket, med en röst som avslöjade att han kunde göra vad han ville utom att störa henne.

I arbetsrummet satte han sig i Maritas kontorsstol, tittade ut genom fönstret. Klockan var två på eftermiddagen, de grå molnen som hopade sig på himlen skapade ett mörker, som om solen var på väg ner. Utanför på gångvägen var det tomt, öde. Var fanns alla människor, var de inomhus och lagade julmat? Var fanns barnen som brukade fara omkring på sina sparkcyklar?

Fågelbordet, som stod nära busken i Maritas lilla trädgård, var välfyllt med fröer. Talgbollar hängde nedanför fågelbordet. Han såg talgoxar, blåmesar och pilfinkar som fröjdade sig av allt det goda. Emellanåt kom nötväckan snabbt ditflygande och tog sig lika snabbt därifrån. På marken spatserade rödhaken ensam och obekymrad runt och pickade i sig det som hade ramlat från fågelbordet och en och annan mask från marken. Plötsligt kom en skata farande i full fart från björken en bit ifrån och skrämde i väg småfåglarna. Gunnar reste sig upp, knackade på rutan, vilket fick skatan att flyga i väg och strax efter kom småfåglarna tillbaka. Han satte sig tungt igen, tänkte att det var märkligt att det skulle kännas svårt att ringa till sina egna barn. Han slog numret till Lena. En stressad röst svarade.

"Lena Rickardsson."

"Hej det är pappa." Gunnar hörde att Lena drog in luft och skyndade sig att fortsätta. "Jag vill bara önska god jul till dig, Hans och mina barnbarn."

"Det behöver du inte göra, du vet vad vi har sagt. Om du fortfarande inte har gjort något åt din situation, tycker jag inte att det är någon idé att vi pratar mer. Har du pratat med någon?"

"Nej, det har jag inte, för jag håller inte med dig", svarade Gunnar med tillkämpat lugn, gråten var nära och strupen blev mer och mer trång. "Jag tycker …"

"Då finns det inget mer vi kan prata om. Om du inte förstår att du behöver hjälp av någon utifrån för att bearbeta sorgen efter mamma, i stället för att kasta dig huvudstupa in i ett nytt förhållande. Och vad vet du om den där kvinnan? Hur har ni gjort med pengar då? Eller har hon, den där, redan tillgång till dina pengar? Du är sjuttio år och ingen ungdom längre."

Gunnar bleknade och svarade lågt:

"Jag kan hantera mina pengar själv, det har jag kunnat göra i hela mitt liv och sluta kalla Marita för den där kvinnan ..."

Lena lade på. Varför kunde han inte säga till på skarpen, när Lena med sin upprörda, arga röst hotade honom. I stället blev han rädd, tillbakadragen och orkade inte sätta emot. Han skämdes för sin svaghet. Tanken kom att det nog var bra att ringa Johan direkt, innan Lena hann ringa honom och förvarna om att Gunnar skulle ringa.

"Johan här." En glad röst svarade. I bakgrunden hörde Gunnar ljudet av småttingarna och Sannas lugna röst.

"Hej Johan, det är pappa här. Jag vill bara önska en god jul till dig, Sanna och Linnea och Gustav."

"Jaha", sa Johan och lät vilsen. "Tack, men hur går det? Har du gjort det vi sa? Jag har svårt att tänka på jul och att du och en annan ... när det alltid varit mamma. Det är ... svårt. Jag vill inte att du stör oss. Jag måste få lugn och ro och jag orkar inte påminnas om detta. Hör med Lena i stället. Hej då."

Johan lät ledsen. Det förvånade Gunnar att Johan gjorde så mot sig själv. Hindrade sig själv att träffa sin far. Han lutade huvudet i händerna, tryckte med fingrarna i tinningarna och tog den djupaste suck han någonsin tagit. Hur skulle han kunna uppbåda en glädje i jul när det var hopplöst med barnen. Tiden gick obönhörligt och inget hände.

Han satt stilla och tänkte och tänkte. Det var som en mardröm som han ville vakna upp från. Han förstod sig inte på Lena. Vem behövde bearbeta sorgen egentligen, vad det inte mer hon som behövde det – och Johan? Johan skulle aldrig ha gjort så här om inte Lena hade bestämt det. Borde han vara mer bestämd och kraftfullt försvara sig när barnen kom med sina galna påståenden? Men då skulle väl Lena tycka att han var aggressiv och tro att det var Marita som var orsaken.

Avlägset nerifrån hörde han Maritas rop om något. Han reste sig och gick nerför trappan. Marita hade dukat fram glögg, russin och mandlar i köket. På en skärbräda i mörk ek låg skinksmörgåsar och bredvid låg den köpta senapsburken från Kronhusbodarna. Det doftade gott av glöggen, men också av kryddnejlikor från den griljerade julskinkan, kryddnejlikorna var nedtryckta i ett vackert rutmönster.

Marita såg direkt på honom vad som hade hänt. De nedstämda anletsdragen, de sjunkna axlarna, blicken som flackade. Att det var barnen igen. Hon gick fram till honom, kramade och frågade vad som hade hänt. Han berättade om samtalen, men denna gång sa han att hon blev titulerad som "den där kvinnan". Det förvånade inte Marita. De verkade ha fått allting om bakfoten, att hon skulle vara ute efter hans pengar. Hon som hade eget hus och god ekonomi. Det som trots allt ändå flimrade till som en otrevlig tanke var om det fanns något hon inte kände till. Var det rimligt att vuxna barn kunde bli så arga på sin pappa för att han hade en ny relation? Fanns det något med Gunnar som var dolt för henne? Som förklarade barnens beteende? Frågorna störde henne.

KAPITEL 27

Det var julaftonsmorgon. De hade vaknat samtidigt, kände numera igen varandras ändrade andning när de vaknade. Gunnar kröp över till Marita och hon lade sig i hans famn och njöt av värmen, lugnet och tystnaden. Hon tyckte om att Gunnar kunde vara tyst, precis som hon. Däremot ogillade hon den där andra tystnaden, den kvävande, orsakad av hans saknad efter barn och barnbarn. Gunnar smekte henne varsamt och ömt. Marita besvarade genom smekningar, men hårdare, hon visste att han föredrog det. De småpratade om dagen. Håkan skulle komma som han alltid gjorde klockan fjorton. Om att denna jul skulle Bosse med Marie komma, varannan julafton var de hos Maries föräldrar.

Marita skrattade till och sa: "Jag vet att jag sagt det, men du måste vara beredd på Maries prat. Hon menar inget illa, men hon kan slänga ur sig både det ena och det andra. Det blir väl så när munnen är steget före huvudet."

"Inga problem", sa Gunnar leende. "Jag minns första gången jag träffade henne. Hon tyckte jag var mager och föreslog att jag skulle dricka kokosolja varje morgon och att det var bra för minnet också. Jag förstår att hon tyckte att jag var mager, när hon själv är ganska kraftig. Men minnet har jag inga problem med – tyvärr på ett sätt."

Marita tänkte på de senaste gångerna när Gunnar hade träffat hennes barn och det som hände efteråt. Han hade varit nedstämd, gått i väg, lagt sig antingen i sängen eller i soffan. En gång hade han känt ett tryck i bröstet och Marita hade blivit rädd. Skulle panikångesten komma igen, men det gjorde den inte. Marita sa eftertänksamt: "Hur ska det gå idag, när barn och barnbarn kommer? Jag vill inte att du ska må dåligt av dem. Om det ska fungera mellan oss och för framtiden ... måste du klara av att träffa dem, annars vet jag inte hur vi ska göra. Jag vill inte känna mig rädd för att du ska bli ledsen, särskilt inte idag på julafton."

Marita försökte läsa av honom och fortsatte ängsligt: "Eller menar du att jag framöver ska träffa dem för sig, utan att du är med?"

Gunnar sa inget, pannan var rynkad och han tittade upp i taket. Efter en lång stund, när Marita hade tröttnat på att vänta och var på väg att fråga honom igen, svarade han långsamt och tankfullt.

"Du har rätt. Jag måste klara av det. Det är klart att jag *vill* träffa dina barn. Jag ska försöka idag, det lovar jag. Vi ska ha en bra relation och då ingår att jag ska kunna träffa dina barn."

Marita andades ut och sa: "Du får betrakta dem som att de är dina också, nu när det är som det är. Dina barn kommer tillbaka, det är jag övertygad om."

"De är härliga, dina barn. Jag tycker om att prata med Håkan, han känns som en vän. Bosse är också fin. Jag önskar att mina barn hade varit som dina – accepterande", sa Gunnar sorgset.

Julaftonskvällen kom till ett slut. Barn och barnbarn hade åkt hem vid elvatiden på kvällen. Gunnar låg i en soffa, Marita i den andra. Båda var helt utmattade. Dagen hade gått bra, dignande julbord och den sedvanliga julaftonspromenaden med lyktor och varm glögg. På kvällen fick Fredrik vara jultomte. Sofia stönade över hur barnsligt det var med tomte, de var ju stora. Marie påpekade till Sofia att förra året hade ju hon varit tomte. Sofia hade bara knyckt på nacken men inte sagt något mer. För Fredrik var det första gången att vara tomte och han tog uppgiften på största allvar, pratade med den mörkaste rösten han kunde få fram. Storasyster satt på soffkanten, nonchalant dinglande med benen och kunde inte låta bli att håna honom, hur larvig han var och Marie fick åter säga till. Då satt hon tyst, men

Marita såg hur hon emellanåt log stolt över sin lillebror. På kvällen plockades sällskapsspel fram och barn och vuxna blandades i två lag. Gunnar kände sig nöjd, det hade varit en trevlig dag. Och det hade gått bättre än han hade trott. Vid några tillfällen, som när de åt julmaten, hade han tänkt på förra julen när han var hos Lena och Hans. Hur de alla, de vuxna och de fyra barnbarnen, satt runt det stora matsalsbordet i mörk ek med den röda linneduken. Linneduken som han och Ann-Margret en gång hade gett dem, kom de ihåg det? Minnet från förra julen klarade han av att snabbt stoppa undan, utan att de dystra tankarna fick ta överhanden.

När han tittade på Maritas två barnbarn klarade han det utan att växla över tankarna på de andra barnbarnen, som inte var där. De traditioner som Maritas familj hade var trevliga och nya för honom som julaftonspromenaden med lyktor och glögg. Julmaten var ganska lik den julmat som han var van vid förutom detta med långkålen, som visade sig vara söt och god. Äggost var också ny, inte så god och söt som ris à la Malta som han var van vid. Han hade lassat på med extra björnbärssylt.

Bosses Marie hade varit rolig och hennes pratighet hade inte varit störande och inga kommentarer om hans vikt. Behövdes nog inte. Senaste gången Gunnar vägt sig hade han gått upp fem kilo från det att han träffade Marita för tre kvarts år sedan. Marita hade däremot gått ner tre kilo, vilket hon var nöjd med. Hon påstod att hon inte hann äta som hon gjorde förr, nu när hon ständigt var på resande fot, till och från Gunnar. Marita tittade halvliggande i soffan på Gunnar, suckade och sa:

"Skönt att det är jul bara en gång per år. Ibland har jag tänkt att det inte hade varit fel att få komma till barnen som omväxling. Nej – jag ändrar mig direkt. Jag vill nog ordna det ändå. Jag är ju pensionär, har tid att förbereda allt och det har inte barnen, jo Håkan har väl det som inte har barn och ..."

Tankarna kom om att Håkan levde ensam och det gjorde henne alltid bedrövad. Hon hade nämnt det för Gunnar, som hade frågat henne om hon trodde att Håkan led av det. Det gjorde han nog inte, hade hon motvilligt erkänt, men tillagt att som mamma hjälpte det inte att förstå hur det var, utan det handlade om känslan. Gunnar gäspade stort och sa: "Skulle nog inte ha tagit den sista whiskyn efter alla öl och snapsar. Inte så att jag känner mig berusad, men trött är jag. Ska vi gå och lägga oss? Eller vill du vara uppe mer? Se något på tv?"

Marita reste sig upp från soffan, hon kände både i fötter och i huvudet hur trött hon var. De gick upp till övervåningen, hand i hand. En stund senare låg de i sängen. Marita somnade ovanligt fort, oftast var det han som somnade först. Trots att han var trött gick det inte, han tänkte på dagen, tankarna virvlade runt, de nya intrycken och de gamla minnena som dök upp. Tänkte på hur bra han hade det egentligen, det nya livet med Marita och samtidigt ... så förbannat trist, detta med barnen. Hur länge skulle de hålla avstånd? Tänkte de inte på att han var sjuttio år, ingen visste hur länge han skulle leva. Varför var Lena fortfarande bitter på honom? Johan som i grunden var ledsen och antagligen skulle ha kunnat komma tillbaka men lydigt följde sin storasyster. Tiden läker alla sår. Gör den? undrade Gunnar bittert.

Plötsligt kom det, trycket över bröstet och andningen blev häftigare. Rädslan kom direkt, skulle han väcka Marita? Det fick inte bli panikångest. Han satte sig rakt upp, försökte få ordning på andetagen. Tänkte på Marita, känslan när de kramades, älskade, morgonens frukost med risgrynsgröten, de tända stearinljusen, doften av den malda kanelen på gröten, den vita sötmandeln han hittade i gröten och som Marita hade stoppat dit när han inte såg. Hur han hade tittat frågande på henne för att få veta vad det betydde. Hur hon hade sett illmarig ut och förklarat. Den som fick mandeln skulle gifta sig nästa år. Han mindes den bubblande, varma känslan och förhoppningarna.

Trycket över bröstet minskade och han pustade ut. Han klarade det, ville inte känna sig svag och känslig inför Marita. Snart nytt år om någon vecka. År 2019 måste bli ett bra år, med en bättre början än detta dåliga slut. Han kröp över till Marita och lade sig på sidan bakom henne. Hon rörde sig något, men vaknade inte. Han snusade, drog in en varm doft, kände med handen på hennes rygg, den var lätt fuktig. Han lade armen över henne omfamnande, fick tryggheten, värmen och somnade stillsamt.

KAPITEL 28

Gunnar vägde från det ena benet till det andra och tiden gick. I ögonvrån såg han att någon var på väg till samma brevlåda och att han måste bestämma sig eller flytta på sig. Sekunder av vånda passerade och sedan lade han i brevet och gick därifrån. Han kände sig inte lugn, vad skulle detta leda till? Lena skulle fylla fyrtiofyra år, den femtonde mars, om tre dagar.

Han hade köpt ett kort, med bild av en blomsterbukett, en sådan han hade velat ge henne. På kortet skrev han kortfattat: hjärtliga gratulationer från pappa. Inget mer. I orden fanns förhoppningen att Lena skulle fundera, ändra sig och komma till sans. Han promenerade vägen tillbaka till Maritas hus. Promenaden hade känts nödvändig av en särskild anledning. Marita hade skojat med honom flertalet gånger och undrat om han satt fast i bilen. Var det inte möjligt någon gång att promenera till sina ärenden, i de fall när de var nära. Han kunde inte annat än att hålla med om att vardagsmotionen var viktig och att han slarvade. Det var tryggt att veta att Marita brydde sig och sa vad hon tyckte, allt från skjortan som inte passade till när han slarvade med motion och mat. Marita kunde vara lite retsam ibland, men på ett snällt sätt.

Han tänkte på när hon hade nämnt det han hade skrivit om sig på dejtingsidan. Där det hade stått om vandring, som hon inte hade märkt något av. Om att han åt nyttig mat för det mesta, stämde inte heller enligt Marita. De dagar han var själv och hon frågade vad han hade ätit fanns ingen frukt och inga grönsaker beskrivna. I stället hade feta färdigrätter som pyttipanna eller pizza slunkit ner. Han nämnde att det kunde ligga lökskivor på pizzabiten och att han lade en tomat-skiva på smörgåsen till frukost, men då frustade Marita bara.

Han kom tillbaka till radhusområdet, gick gången fram mot rad-huset. De gula och lila krokusarna var utblommade sedan några veckor tillbaka. På tulpanerna fanns bara stjälken kvar eftersom rådjuren gärna tog sig en matrunda och bet av de välsmakande, färgglada knopparna. Tydligen kunde människor också äta tulpankronbladen, i något recept hade Marita sett att de kunde användas till garnering. Påskliljorna fick däremot blomma i fred och de lyste upp som spridda solar i rabatterna.

Marita hade förberett lunchmaten och värmde upp grytan när hon hörde att han låste upp ytterdörren.

"Gick det bra", frågade hon och tittade forskande på honom när han kom in i köket.

Gunnar berättade att han hade lagt på brevet. Till slut. Han slog sig ner vid matbordet, behövde inte göra något, Marita hade förberett och dukat. Han drog vällustigt in doften av kryddpeppar och lagerblad. De turades om i matlagningen. Han hittade nya recept och testade, oftast blev det bra, men ibland lovade recepten mer än utdelningen eller kanske var det han som inte fick till det. Matlagning hade blivit hans nya hobby. Han lärde sig av Marita men också av de matprog-ram på tv som han studerade vetgirigt. Marita däremot använde de väl beprövade recepten som fanns i ryggmärgen. Hon var överraskat glad för att han tog över mer och mer i matlagningen och njöt av att kunna ta en tillbakadragen position. Efter maten tog de med sig kaffekoppen och gick till vardagsrummet för att läsa varsin del av dagens tidning.

Marita kunde inte koncentrera sig för tankarna hade fått stadigt fäste och frågan behövde diskuteras. Hon fick säga hans namn tre gånger, innan han tittade upp från tidningen, djupt koncentrerad. Så borta från verkligheten kunde hon aldrig bli.

"Jag hoppas verkligen att Lena tar detta bra med gratulationen … men om hon inte gör det … du måste stå på dig. Det går inte att veta vad som kan göras för att ändra din situation men så här funderar jag …

Du har varit snäll. Inte sagt till ordentligt. De kanske behöver en tydlig pappa, en stark, som säger vad han tycker."

Gunnar lade ifrån sig tidningen på vardagsrumsbordet, munnen rörde sig utan att öppnas. Blicken långt borta.

"Det finns nog ingen logik i detta, bara känslor. Jag vet att jag har varit undfallande, men det är svårt när det är ens egna barn. Lena är bestämd och jag hamnar i underläge." Gunnar tystnade, tänkte och svarade dröjande. "Kanske borde jag vara mer tydlig som du säger, hittills har inget hjälpt i alla fall."

En vecka senare när Gunnar var hemma hos sig, damp något ner från brevinkastet. Han avbröt sitt dammande och gick till hallen. På golvet nedanför brevinkastet låg det han inte ville ha. Han vände på kuvertet och såg att det hade varit öppnat och förslutits. Han öppnade kuvertet för att se om det fanns något skrivet men såg bara de egna orden. Fick han inte ens gratulera sitt eget barn? Johan som skulle fylla till sommaren, skulle det bli samma där? Och barnbarnens födelsedagar? Skar de bort honom fullständigt? Som en cancersvulst. Persona non grata.

Han satte sig tungt på byrån, ögonen tårades, han snörvlade och det rann ur näsan. Reste sig och gick till köket där han tog hushållspapper och snöt sig. Stilla tårar flöt sakta nerför hans fårade kinder, tog nytt papper och torkade sig i ansiktet. Han hämtade mobilen, satte sig på köksstolen, på väg att ringa Marita, men hejdade sig när sista siffran var kvar att trycka. Nej – nu skulle han ringa Lena och fråga vad hon höll på med. Hur länge skulle hon hålla honom på halster? Han hoppades att hon var hemma, inte stressad och på arbetet, men då skulle hon antagligen inte svara honom. Han ringde fem signaler men samtalet kopplades bort. Bestämde sig för att försöka igen om en stund och fortsatte att städa under tiden.

Efter en timme ringde han igen. Återigen inget svar. Han slutförde städningen och bytte sänglinne. Plockade ur disken. Planerade maten för när Marita skulle komma. Klockan blev sju och han försökte igen, denna gång lät han åtta signaler gå fram. Huset som Lena och Hans bodde i var stort och det behövdes nog extra signaler.

"Du behöver inte hålla på och ringa hela tiden. Jag har fullt upp, jag kan inte svara på arbetet om du trodde det. Vad gäller det?" Lenas röst avslöjade att hon var irriterad och trött.

"Jag förstår att du inte kan svara på arbetet, det är inga problem. Jag ringer ..."

Gunnar blev irriterad på sig själv, återigen kom han in i sin vanliga roll, ursäktade sig, underdånig. Han hade bestämt sig för att vara tydlig och bestämd, inte svag, det fick vara slut med detta. Han tog ny sats och lade en tyngd på varje ord.

"Jag ringer för att jag blev väldigt ledsen när du skickade tillbaka gratulationskortet. Du är min dotter och jag vill gratulera dig när du fyller år, konstigare än så är det inte. Allt det här som hänt är onödigt och jag vill att vi träffas igen. Som vuxna människor som respekterar varandra."

Han hörde hennes forcerade andning genom mobilen.

"Vad har du gjort under denna tid, för att komma till rätta med ditt beteende, har du tagit hjälp som vi i familjerna har föreslagit?"

"Nej, det har jag inte. Jag anser att det inte är mer fel på mig än någon annan. Jag har träffat en kvinna och det var kanske för tidigt, det kan jag hålla med om, men nu är det som det är. Ni kan inte bestämma över mig eller avgöra vad jag får göra eller inte." Gunnar hade höjt rösten successivt och blev andfådd det sista.

"Det var *precis* som jag befarade. Du har inte gjort något, det är samma som tidigare. Du beter dig egocentriskt, du skriker åt mig, du är aggressiv. Hör du inte hur du låter? Är det den där människan som påverkar dig och gör att du vänder dig mot dina egna barn. Du är falsk", sa Lena frustrerad.

"När jag försvarar mig är jag aggressiv. Spelar det någon roll vad jag säger? Eller har du bestämt på förhand hurdan jag är. Vet du, Lena, det finns inget så lätt som att kritisera någon annan. Gör du aldrig fel? Gör du alltid rätt, är det alltid din sanning som gäller?"

Hon stängde av när han sa det sista. Han andades häftigt, inte ledsen den här gången utan förbannad. Och hon var läkare – med sitt beteende. Ändå kunde han inte låta bli att tycka synd om henne, hon mådde nog sämre än vad han gjorde och även för att hennes barn inte fick träffa sin morfar. Antagligen var hon mer konservativ än han hade förstått. Familjen som en enhetlig funktion som inte fick ruckas på. Ingen utifrån skulle få komma in i den heliga familjen och ta plats. Stackars Lena, tänkte han, min dotter som är så rigid. Minnen kom från när Lena var liten. I grundskolan läste de om kroppen och fröken hittade på en tävling för att få upp intresset. Den som kunde de flesta benen i kroppen skulle få en fotobok om kroppen. Lena förstod inte att tävlingen omfattade även alla småbenen, som till exempel örat med hammaren, städet och stigbygeln. Hon kom på andra plats och var mycket besviken och arg på fröken. Nästa dag låg hon i sängen och vägrade att gå till skolan, vägrade att prata med tjejen som hade angett fler ben. Det blev en stor cirkus av tävlingen. Lena hade en tävlingsinstinkt som jämt var påslagen, vilket hon inte märkte själv. Som läkare skulle hon vara bäst, i idrott skulle hon vara den bästa, annars lade hon av.

Det hon inte var bäst på, var empatin, tänkte Gunnar, den hade hon behövt, framför allt för sina flickor. Hans var en motvikt till Lena med sitt medkännande och lugna sätt, en trygghet för flickorna. Med honom fick de vara sig själva och inte behöva vara bäst, men de var ändå mycket duktiga. Nu visste han läget vad gällde Lenas inställning. Frågan var, hur länge till skulle det dröja?

KAPITEL 29

Byggnaden hade den typiska vackra utformningen för 1800-talets stenhus på Vasagatan. Vasagatan var anlagd som en esplanad, med motriktade körbanor, en åtskiljande promenadväg med omgivande grönskande höga träd. I källarplanet på byggnaden låg en frisersalong, ovan fanns de fyra våningsplanen, med spröjsade stora fönster och balkonger byggda med sirligt utformade järngaller.

Gunnar stod framför den ovala höga porten och letade efter namnet på skylten. Hittade och tryckte på portknappen. Det fanns en hiss, men han valde att gå stentrapporna upp till andra våningen, för den vardagsmotion som Marita påtalade med jämna mellanrum. I stentrappan fanns avtryck av fossiler av ortoceratiter, de avlånga kropparna av de urtida bläckfiskarna, som fanns i haven för fyrahundra miljoner år sedan. Nu fanns de fastlagda i stentrappor i många olika byggnader där han, men säkert också hans barn trampade, barnen som valde att inte se hans ändliga tid.

Han satte sig i den lilla hallen utan dagsljus, med plats för tre plaststolar och ett litet nött träbord. På bordet låg flera nummer av Psykologtidningen och dagens dagstidning. Han bläddrade förstrött i en av tidningarna, medan han väntade på att bli inropad, tio minuter för tidig som vanligt. Marita hade propsat på att han skulle ta hjälp och hade fått tag på namnet på psykoterapimottagningen som drevs av psykologer och psykiatriker. En av hennes väninnor hade anlitat dem och var nöjd. Gunnar hade läst på nätet om att psykiatrimottagningen tog hand om problem som ångest, depressioner, stress, fobier, sömnstörningar och utmattningssyndrom. De använde kognitiv beteendeterapi, vilket lät bra, han ville inte ta mediciner.

Sömnen hade successivt blivit sämre, visserligen somnade han, men vaknade ett flertal tillfällen på natten och kände sig ibland trött på dagarna. Dagarna fungerade relativt bra ändå, han var ju pensionär och behövde inte anstränga sig. Ibland infann sig de dystra tankarna och han gick undan, men problemet var numera natten. I nattens ensamma timmar fanns inte annat som upptog hans hjärna, det var då oron kom. Tankarna virvlade runt om allt möjligt, ibland på barnen och barnbarnen, ibland på det mest banala som han inte borde tänka på. Sömnen var oftast drömlös, men när han vaknade fanns spänningar i kroppen.

Det hände att han gick upp på natten, satte sig i köket och tog ett glas mjölk och stirrade tomt ut i det svarta mörkret. Oftast låg han ändå kvar, vred sig oroligt runt. Ibland råkade han väcka Marita med sitt vändande, det kändes inte bra att störa hennes goda nattsömn. Till slut var det Marita som tog det avgörande steget och menade att han måste söka hjälp. Hon kunde inte hjälpa honom mer än att lyssna och diskutera och det räckte inte.

En ung kvinna med långt hängande hår, i gräddfärgade inne-tofflor utan häl, kom ut och kallade in honom. Hon var klädd i vanliga kläder, jeans och en vit skjorta som hängde utanför byxorna. De tog i hand, hennes hand var smal och något kall. Han satte sig i den hänvisade besöksstolen. Så ung hon var. Gunnar tänkte på den långa meritförteckningen som bland annat innehöll specialistbenämning, hur hade hon hunnit med allt och var dessutom ansvarig för mottagningen? Hon log mot honom och frågade om han ville kaffe, te eller vatten. Han bad om vatten och hon försvann tyst i väg på sina mjuka tofflor.

Fönstren var höga och Gunnar kände ett kallt drag från dem. Tröjan fick vara kvar på honom. Inte konstigt med hennes kalla hand. Hon kom tillbaka och satte hans glas på det runda glasbordet mellan dem. Hon hade själv en mugg med en varm dryck, som hon ställde på bordet. Han såg ångorna och förnam doften av kryddor av något slag. På bordet låg ett block eller mer en bok då den var inbunden, med röd och svart framsida. Hon bläddrade fram i boken och drog ur pennan som satt fast på framsidan. Tittade på honom, log och bad honom berätta vad han hade på hjärtat. Gunnar drog ett djupt andetag och berättade.

Han promenerade långsamt mot Vasaplatsen, där tog han spårvagnen bort mot Marklandsgatan. Därefter fick han vänta i tio minuter, men det gjorde inget. Det var skönt att andas den ljumma juniluften, se omgivande gröna träd och de höga bergen i Änggårdsbergens naturreservat en bit ifrån. I huvudet gick han igenom det de hade diskuterat, om och om igen. En hel timme hade de vänt och vridit om sömnstörningarna och barnens avståndstagande. Hon skrev ut sömntabletter, sa att de bara var för en kort period, ett hjälpmedel för att komma ur vanan att vakna på natten. Han sa inget, men var tveksam om att hämta ut receptet, ville inte bli fast i ett beroende, han åt ju inte ens huvudvärkstabletter.

Hon tyckte inte att han skulle ge upp kontakten med barnen. Även om de uttryckligen sa att han inte fick kontakta dem, inte fick skicka födelsedagskort, menade hon att Gunnar skulle fortsätta att skicka. Ett kort eller ett brev, en eller två gånger per år, kunde de inte kalla för ett förföljande, Gunnar var ju deras far. Hon trodde heller inte att det skulle förvärra relationsproblemet, men ingen kunde veta helt säkert, påtalade hon. Det som hon däremot var säker på var att det var bra för Gunnar, för hans välmående och sömn, att fortsätta skicka när de fyllde år eller till jul, oavsett deras negativa reaktioner. Hon hade också föreslagit att han skulle skriva dagbok, helst varje dag, om sina tankar och funderingar. Skriva om hur han kände för det som barnen gjorde mot honom. Han fick en ny tid.

Bussen kom och han satte sig vid fönstret. Han insåg att mötet med psykologen var nödvändigt. Marita var bra att prata med, men en professionell styrde samtalet på ett annat sätt och han kände sig befriad efteråt.

Bussen dundrade snabbt fram på Dag Hammarsköldsleden, utan

att stanna förrän vid hållplatsen Radiomotet, därefter skulle hållplatserna i Askim ligga tätare.

Doften av stekta köttfärsbiffar, lök- och smörlukt i en god blandning, strömmade emot honom och han kände med ens hur hungrig han var. Marita mötte honom med förkläde på och förklarade att hon hade förberett middagen genom att steka biffarna och salladen var klar. Sedan frågade hon hur det hade gått och Gunnar berättade. Marita tyckte absolut att han skulle skicka kort till barnen som terapeuten hade föreslagit, det där med dagboken lät också bra.

"Jag vet att du inte gillar mediciner", sa Marita och lade huvudet på sned, "men jag tycker att du ska ta tabletterna. Ta under en vecka eller två, du behöver sova ut. Du har fått påsar under ögonen och du är ofta trött, det vet du ju."

Gunnar hummade som svar, tänkte att det fick han allt fundera över, men kanske var det bra även för Marita som han störde vissa nätter. Marita tog honom på armen och sa: "Vet du vad jag har tänkt på ibland? Om din förra fru hade vetat att dina barn tagit avstånd från dig, vad tror du att hon hade gjort då?"

Gunnar svarade ögonblickligen.

"Hon hade sagt till på skarpen, hon var aldrig rädd för att säga till barnen. Det var jag som var mesig ... och är fortfarande. Jag tror inte att hon hade haft emot att jag träffade en ny, men det var inget vi diskuterade. Det jag minns var att hon sa att hon bättre skulle klara av att leva ensam."

"Du förresten, till något helt annat", sa Marita, "det är väl inga problem att Nelly kommer till oss i morgon och blir kvar i två dygn?"

Gunnar tittade förbryllad på henne, vem var Nelly? Marita pratade ofta om personer, olika namn hela tiden, ibland barnbarnen, ibland väninnor eller andra kvinnor. Han rörde ihop alla namn. Om det var barnbarnet som skulle komma, kändes det pinsamt att ha glömt namnet igen.

"Nej, det är inga problem, hon kan komma, vi ska ju ändå vara hemma. Ska vi hitta på något särskilt när hon kommer?

Marita tittade underligt på honom, men började skratta.

"Dummer, det är ju Håkans katt. Han ska till England på konferens, vi ska passa henne bara."

Gunnar log brett.

"Jag måste nog börja med förteckning, i Excel, över alla personer du pratar om och vilka de är, så det inte blir fler missförstånd. Du känner många till skillnad mot mig."

Marita tänkte, men sa inget, att det var vanligt att män blev ensamma vid skilsmässor eller vid förluster. Deras vänner var få, kontaktnätet litet medan kvinnor ofta hade ett större umgänge som var till hjälp och stöd.

Dagen efter kom Håkan med katten i transportburen, kattlådan i andra handen och i ryggsäcken det övriga som behövdes, som sand och kattmat. Nelly hatade att åka bil och lika mycket att sitta i en kattbur. Hon jamade konstant i buren och slank tacksamt ut ur den till vardagsrummet och gömde sig. Hon var van vid att få vara hos Marita när Håkan behövde ge sig i väg på tjänsteresor, det var inga problem för Nelly. Håkan var stressad, det sista han gjorde var att städa kattlådan innan han kastade sig och katten i bilen till Marita och Gunnar.

Två dagar senare var han tillbaka från England, betydligt lugnare, nöjd med att presentationer och kontaktskapande med andra forskare hade gått bra. Marita hade skickat ett sms innan han kom och fått klartecken på att han var intresserad av middag, det var han ju alltid. Nelly försvann in under soffan strax efter hon hade hälsat på husse. Hon hade ett sjätte sinne för att förstå att hon snart skulle sitta i den förhatliga kattburen. Middagen tog de ute i trädgården och avslutade med kaffe, glass och jordgubbar. Gunnar och Håkan trivdes i varandras sällskap. Marita kände sig ett tag överflödig när de diskuterade som intensivast, men ändå nöjd med att deras relation var genuin. Håkan bytte samtalsämne.

"Hur har det gått med dina barn? Har det hänt något?"

Gunnar skakade på huvudet och berättade att han hade fått hjälp av en terapeut för att klara av situationen. Maritas vaksamma ögon noterade förändringen i Håkan.

"Jag blir arg", sa Håkan, "de är ju vuxna, vad tänker de på, det är elakt! Gunnar, kan jag få ringa dem. Resonera, jag kan kanske tala dem till rätta?"

Gunnars ögon blev stora, munnen gapade och stängdes.

"Det är snällt av dig, Håkan, men jag vill för allt i världen *inte* att du ringer. Det är jag som ska göra det i så fall."

"Du är omtänksam", sa Marita bekymrat, "men gör inte detta mot Gunnars vilja."

"Det är klart att jag inte gör", sa Håkan och grimaserade uppgivet, "jag blir bara upprörd över vuxna människors konstiga beteende."

"När det gäller känslor ... så blir det komplicerat i vissa fall ... tydligen", sa Marita eftertänksamt.

Gunnar var tyst, samtalet hade gjort honom nedstämd. Håkan ville väl, precis som alla andra som tyckte något om hans barn. Det fick honom att skämmas över att han hade fått sådana barn, att de inte var som andra men även tankarna om att felet kanske ändå låg hos honom, som hade lyssnat på Bengt som alltid var en handlingens man.

Den jamande Nelly lät åter bevisa hur hon hatade kattburen när Håkan resolut drog fram henne under soffan. Hon klöste med klorna för att hålla fast sig i soffunderredet. Det blev tomt i huset efter att Håkan och Nelly hade åkt. Trots att Nelly bara var en katt, och en ganska lugn sådan, blev det tomt. Gunnar saknade att Nelly inte längre låg i hans knä när de tittade på nyheterna på tv. Marita funderade, kanske skulle de skaffa sig en katt eller kanske hund på sikt, som skulle kunna vara en tröst för Gunnar, till dess barnen kom tillbaka, om de nu någonsin gjorde det?

KAPITEL 30

Som en av de sista bilarna körde de ombord på den gula färjan mot Hönö. Att de kom med, trots den långa bilkön, förvånade dem, men färjan verkade rymma betydligt fler bilar än vad exteriören visade. Gunnar drog åt handbromsen på bilen, knakningarna lät oroväckande och insåg att det var dags för en ny bil. Den var faktiskt tolv år gammal och kostade en hel del i underhåll varje år. I samma ögonblick kom insikten om att det skulle bli han och Marita som köpte en ny bil, en trevlig tanke, inte längre frågan om vad han skulle göra.

De tog sig ut från bilen och bortåt mellan rader av bilar som stod tätt ihop. Vaksamt såg de sig om när de vandrade mot fören, ville inte få en bildörr på sig som plötsligt öppnades. På babordssidan hängde de på räcket. Cyklisterna och de som kom med stadsbussen stod också längst fram, några pratade, andra stod stilla och tysta, tittande ut över havet. Flertalet av de resande var öboende och vana vid överfarten med färjan.

Marita tittade ner i det blå-gröna havsvattnet, vitt skum låg på ytan när färjan startade upp motorerna. I havsvattnet, nära strandkanten, fanns enstaka rödmaneter och tång som vajade sirligt, men strax efter att färjan startade gick det inte längre att se ner i djupet. När färjan kom upp i sin högsta fart blev vinden kraftig och det blev svårare att prata. På dryga tio minuter skulle de lämna fastlandet, Lilla Varholmen och komma över till skärgårdsöarna. Först till Hönö, där färjan lade till och därefter skulle de köra till Öckerö och slutligen Hälsö. Från Hälsö fanns ytterligare färjor vidare mot de tre norra öarna, men dit skulle de inte.

Hon stod i riktning mot söder och fick den starka julisolen i ansiktet. Håret blåste vilt åt alla håll. Njöt och kände vinden som nästan tog andan ur henne, tryggheten med Gunnars starka arm runt axlarna. Det gick knappast att prata i ljuden från färjans dieselmotorer, men det behövdes inte med den vackra utsikten; det blå havet som var lika blått som himlen där de vita bomullstussarna gled långsamt över himlavalvet, öarna som låg som klickar i havet framför dem, segelbåtar som snabbt försökte ta sig förbi innan färjan tutade irriterat på dem.

Måsarna skrek ilsket och envisades att följa med färjan, i alla fall en bit, innan de snopet återvände till fastlandet. Vana vid att inte få något från färjorna, mer än undantagsvis från någon turist som slängde en bit av en bulle eller ett kex. Enstaka små droppar av det salta vattnet stänkte upp och landade i ansiktet, av blåsten och av färjans fart. Bilarna som stod längst fram i fören på färjan fick finna sig i att havsvatten kom upp från rampen, landade på stänkskärmen och sakta rann tillbaka ner i havet genom samma ramp.

Drygt ett år hade de känt varandra. Det som väninnan på en tjejträff hade sagt, visserligen i all välmening, om "ingen rök utan eld" – stämde inte. Det hade gnagt i Marita under en kort tid efter uttalandet. Vad det något som hon hade missat om Gunnar, som förklarade varför hans barn betedde sig som de gjorde. Inget hade hon funnit, inget som kunde förklara det som hände, inte mer än att det var en kort tid mellan det att hans fru dog och de träffades. En förklaring som hon tänkte sig var att barnen behövde en längre sorgeperiod än deras pappa.

Gunnar var precis som han hade varit hela tiden, samma människa från det att de träffades, lugn, trygg, omtänksam, kärleksfull, pålitlig, men mer nedstämd än i början. Gunnars barn gjorde ett stort misstag som valde bort sin pappa i sina liv, tänkte hon sorgset. Det slog henne, det som hon också tidigare hade reagerat på från sitt arbete som lärare, om barn och deras behov. Det fanns barn som förgäves söker kontakt med sin far eller mor, längtar efter att få sin förälders kärlek, men får det inte. I Gunnars fall var det tvärtom, han ville ha den nära kontakten med sina barn, men fick inte kärleken, de avstod hellre än att avvika från sina principer och sin uppfattning.

Gunnar körde med koncentrerad blick. Trots att hon lovade att vägleda, kände han sig osäker. Han hade aldrig varit på skärgårds-öarna tidigare. Dessutom var han van vid att alltid förbereda resturerna, titta på kartan i datorn, leta efter bästa körväg, programmera adressen i mobilens karta för säkerhets skull. Denna gång tog Marita över, ville visa upp sin barndoms somrar och han fick inte titta i förväg.

Från Hönö, där färjeläget var, körde de till Öckerö över en knappt märkbar låg bro, sedan efter Maritas anvisningar in på en mindre väg och därefter till vänster. De parkerade vid vägkanten och promenerade de tvåhundra metrarna ner till havet. Flera vita hus låg efter vägen, några gamla, med brutet tak och spröjsade fönster och med vackra verandor med röda pelargonier. Några av husen var i stark kontrast; nybyggda och som fyrkantiga klossar och betydligt större än de gamla husen. Tomterna var små och bergsknallar stack upp mellan husen, vilket minskade den insyn som annars skulle ha funnits. Marita pekade på ett nybyggt stort hus, i två våningar, med stora altaner runt och som låg närmast havet.

"Där hade min mamma och pappa en liten sommarstuga. Den kan inte ha varit större än fyrtio kvadratmeter, ett kök, vardagsrum och två små sovrum. Vi hade några tiotal meter ner till vattnet där vi badade, en träbåt med aktersnurra och vi fiskade makrill och torsk. Det var underbara somrar, jag har bara ljusa minnen från sommarloven här. När mina föräldrar dog, mamma sist, sålde vi syskon stugan. Vi hade ju varsina hus och ingen av oss behövde sommarstuga. Dessutom bor min bror i Karlstad och han åker hellre till Österlen, där har han sin sommarstuga."

"Synd, nu hade vi kunnat bygga här", sa Gunnar och tittade sig runt. Han såg små öar utanför, de såg trevliga att ta sig ut till. Mellan öarna öppnade sig havet mot horisonten som syntes oändlig. Vid en mindre brygga låg ett tiotal båtar som guppade fridfullt. Vid några båtplatser saknades båtar, kanske var de ute på havet. Två röda kajaker låg upplagda vid strandkanten nära bryggan, uppochner för att inte bli vattenfyllda och såg ut att vänta på en tur på havet. Faluröda små båthus med vita knutar var sammanbyggda och låg nära bryggan. På några av väggarna hängde nät. En sliten, omålad träbänk fanns framför båthusen. De vandrade tillbaka till bilen och färden gick vidare mot nästa ö, Hälsö.

Marita vände sig mot Gunnar och frågade, inte av någon särskild anledning utan mest för att få hans reaktion: "Är du säker på att du inte ångrar dig?"

Gunnar gav henne leende ett snabbt ögonkast och vände blicken framåt och svarade direkt.

"Jag är *oerhört* säker. Egentligen kände jag direkt, första veckan, kanske samma kväll vi träffades att jag ville leva med dig. Inte bo var för sig, utan ett gemensamt boende och dela vardagen i vått och torrt. Det som har hindrat mig hittills ... det är barnen. Jag har hoppats hela tiden, varje dag, att de ska ändra sig. Därför har jag inte vågat att planera för att flytta ihop. Jag förstår att du har väntat på mig."

"Visst förstod jag. Jag ville för allt i världen inte driva på dig. Jag har också velat att vi ska flytta ihop, det kände jag för länge sen", Marita skrattade till förläget, "inte första veckan som för dig men ett par månader efter att vi träffades var jag helt säker på mina känslor."

"Jag tänkte att barnen skulle bli ännu mer arga på mig om jag flyttade ihop med *den där kvinnan* som de kallar dig", sa Gunnar sarkastiskt, "men det hjälper inte att vänta, jag blir äldre, du blir äldre. Jag vill hinna ha ett liv tillsammans med dig, vi ska göra roliga saker ihop, kanske resa. Det är ingen idé längre att vänta på barnen. De kanske aldrig kommer. Hur ska jag veta?"

"Ingen vet", sa Marita. "Idag är jag jätteglad för oss och det vi planerar, sen detta med dina barn är svårt, jag begriper mig inte på dem."

"Nej, vem gör det. På något vis måste jag bortse från barnen och inte hela tiden ha tankarna om dem framför mig. De har bestämt sig en gång för alla att jag är ett kräk, det spelar ingen roll vad jag gör eller säger. Nu går jag vidare i livet och planerar för vår framtid."

Gunnar tog hennes hand och kramade den hårt ett kort ögonblick, sedan var handen åter på ratten. Marita betraktade hans leende som låg stadigt kvar och den stolta, raka hållningen av en man som hon visste var lycklig. Det tog inte lång stund förrän de var framme vid huset. Flera andra bilar stod där, vilken bil som tillhörde mäklaren var inte svårt att se. En BMW av senaste modell stod närmast entrén på gatan och dessutom med reklamskylten på bilen.

Huset, ett vitt enplanshus, låg på en höjd och med utsikt ner mot Hälsö hamn. På nätet hade de lusläst allt de hittat om huset och hade förberett sig med frågor. Gunnar med det tekniska om värme, el, eventuella fuktproblem och besiktning. Marita skulle granska om det fanns tillräckligt med plats för dem i huset, hennes radhus var större men saknade de extra byggnaderna som fanns med det fristående huset på Hälsö. Frågan var också om kök och badrum var lika fräscha som på bilderna och om det fanns tillräckligt med möjligheter att kunna odla i trädgården.

De gick sakta och betraktade grusgången till huset, på vardera sida växte färgglada perenner som kantnepeta, akleja och pioner. I rabatten närmast huset fanns låga buskar med rosenspirea. På hustaket satt en brun koltrast, en hona, och vippade på stjärten. När de närmade sig flög hon i väg till en buske på tomten och där satt redan den svarta hanen med sin gula näbb och väntade.

"Men vi har i alla fall kommit en bra bit på vägen mot ett gemensamt boende", sa Marita glatt. "Det är så härligt att du finns varje dag när jag vaknar. Helt otroligt att jag kunde göra plats i garderoberna med alla mina kläder", sa Marita med ett skratt.

Gunnar skakade på huvudet. Det mesta av kläderna hade han packat ner i lådor för nästa flytt, till det kommande gemensamma. I Maritas hus hade han det viktigaste för en kort period. Det gick bra, han hade inte det gigantiska antal skopar som Marita hade, inga metrar där det hängde klänningar och kjolar. Hans utvalda skjortor, tröjor, byxor och sommarkläder tog ingen större plats. Tanken slog honom hur var det när Maritas man bodde där, hur fick han plats eller hade hon brett ut sig efter skilsmässan?

Gunnars lägenhet var såld och pengarna fanns insatta på ett konto för deras gemensamma projekt, ett hus vid havet. Detta hus på Hälsö var det fjärde hus som de hade besökt. De hade varit på husvisning i Kode, Särö och Torslanda. Torslanda kändes fel eftersom Gunnars Johan bodde där, han skulle kanske bli irriterad och tro att de valde platsen avsiktligt för att kunna råka på dem. De hade förlorat budgivningen om de andra husen. Nu var de på tillräckligt avstånd från båda barnen på öarna.

Att bosätta sig på en ö var för Gunnar att helt tänka nytt. En färja som var minus, men å andra sidan, de skulle inte åka färja varje dag – de var ju pensionärer. Till plussidan hörde den vackra skärgårdsmiljön; bergsknallar med trift, strandaster och kustbaldersbrå på sommaren och ljung på hösten, den saltmättade friska luften, doften av hav och tång och ett hav att se var man än befann sig. Det fanns badplatser runt om hela ön där man kunde bada ostört. Det som också var bra var möjligheten till att lätt få en båtplats.

Efter att ha gått runt i huset under en hel timme, de andra intressenterna hade kommit och gått, så var de tillbakahållet entusiastiska. Tillbakahållet, för att inte bli besvikna av erfarenhet från tidigare budgivning. Mäklaren hade följt dem tätt i hasorna och munnen hade gått i ett om husets fantastiska möjligheter. Till slut hade de tröttnat på honom och bett att få gå själva och diskutera. Mäklaren drog sig tillbaka till köket, där kaffe och kanelbullar fanns framdukade, levande ljus och på bordet en glasvas med röda och gula tulpaner.

Huset var inte stort, runt nittiofem kvadratmeter, och var en gammal sommarstuga från femtiotalet som hade blivit omsorgsfullt renoverad och tillbyggd. Det fanns ett stort rustikt vackert kök i ek med köksö, ett vardagsrum med utsikt över hamnen och havet. Ett stort sovrum och ett mindre sovrum. På tomten fanns ett Attefallshus med möjlighet för gäster att övernatta eller att använda som extra arbetsrum. Ett garage fanns också, det var litet, men tillräckligt för Gunnars del. En skranglig förrådsbod fanns också i trädgården, den skulle däremot behöva renoveras för att inte falla ihop ännu mer.

Tomten var på sjuhundra kvadratmeter, med rabatter, uppväxta buskar som syrener, forsythia, magnolia och gamla fruktträd med äpple och plommon. Marita planerade redan att i en av tomthörnorna ha en trädgårdstäppa, börja i mindre omfattning och längre fram skaffa ett växthus.

Denna gång skulle de möjligtvis kunna ha större chans vid budgivningen, ett litet hus var nog inte lika intressant för en barnfamilj. De andra intressenterna utgjorde ett blandat klientel, några barnfamiljer, ett äldre par som dem och en ensam man. De skrev upp sig på mäklarens lista, där de andras namn också var antecknade och sa till mäklaren sitt bud, som var samma som utgångsbudet. Mäklaren såg lystet på dem, han förväntade sig nog en snabb affär, vilket alltid var intressant för en mäklare.

De promenerade hand i hand ner till samhället vid hamnen, bilen fick vara kvar vid huset.

"Här vill jag bo!" sa Gunnar, "så idylliskt, nära havet, en liten hamn och lagom stort samhälle."

Marita log, kände samma och kramade honom hårt i handen och tänkte att hon inte vågade hoppas på huset. Huset kändes som gjort för dem, som om det väntade på just dem att flytta in. Hon var rädd för att bli besviken. Huset i Särö hade de budat på, men förlorat, det slutliga priset var skyhögt över deras nivå. Det tog flera veckor att komma över besvikelsen, sedan kom annonsen om det lilla huset på Hälsö.

De närmaste två dagarna blev plågsamma. Marita blev nervös och fick ont i magen. Gunnar höll sig lugn, men var okoncentrerad. När Marita ställde en fråga till Gunnar, var pausen lång innan han svarade och dessutom svarade han på något helt annat. De var två intressenter kvar på dag två och priset steg med tjugofemtusen för varje gång det plingade till i mobilen från mäklaren. På dag tre, på kvällen klockan nio, var det endast Gunnar och Marita och en till okänd kvar.

"Nu drar vi på med etthundratusen kronor direkt … en chanstagning", sa Gunnar med skarp blick.

Marita hade börjat ställa in sig på att det var dags att börja om igen, leta husannonser. Förr eller senare skulle de väl hitta ett hus.

"Men Gunnar, då har vi ju gått över vår smärtgräns!" sa Marita hårt och bet sig i läppen. "Vi hade ju bestämt att inte gå högre än femtiotusen till."

"Jag fixar detta, jag tar det extra i så fall. Jag tycker vi lägger detta bud. Jag vill ha huset!"

"Ok", sa Marita lakoniskt, "det blir tjugofem var extra, visst klarar jag också det. Men sen lägger vi ner detta och börjar leta igen. Jag tycker inte att vi går högre. För varje hus som vi har budat på, har vi ju ökat vår gräns för det högsta budet."

Gunnars mobil ringde klockan 08.30 nästa dag. Det var mäklaren som frågade när de ville flytta in eftersom ägarna redan hade flyttat ut. Marita kastade sig på Gunnar, det blev hårda kramar och pussar. De öppnade champagneflaskan redan på morgonen. Den låg i kylskåpet i väntan på deras gemensamma hus.

KAPITEL 31

Marita rätade på sig, kände trycket i ländryggen och såg sig runt. Bara packlådor överallt, från golv och ända upp till tak. För Gunnar var det inte mycket att packa, han hade det mesta av sitt bohag och kläder i ett hyrt förråd. I trettiofem år hade hon bott i radhuset och nu skulle hon överge det. Känslorna växlade mellan förväntan för det nya och sorg för det gamla huset där hon hade trivts bra. De trevliga grannar hon kände i radhuslängan, till och med Karl, skulle hon nog ändå sakna, han höll i alla fall reda på hur det var med henne. Karl hade sett betryckt ut när hon hade berättat om flytten, men det försvann när hon hade nämnt att det skulle flytta in en ensamstående kvinna, yngre än hon och som hade äldre tonårsbarn.

Nu var det bara köket kvar att packa, vilket var värst, och därefter vardagsrummet. Hon hörde mobilen ringa, gick från sovrummet nerför trapporna till köket, där låg den bland lösa papper och pärmen från mäklaren om huset de hade köpt. Det var mäklaren som ringde och hade ett förslag på var och när på tillträdesdagen som köpet skulle ske. Marita kunde direkt bekräfta förslaget, de var beredda eftersom dagen fanns angiven i köpekontraktet. Det blev på mäklarens kontor i Torslanda.

Marita tittade på klockan, om några timmar skulle Gunnar vara tillbaka, han var hos säljarna på Hälsö för att lära sig om skötseln av bergvärmen. Hon valde att vara hemma och packa i lugn och ro.

Marita skrattade till, mindes när de gick runt på visningen hur Gunnars ögon lyste till när han såg aggregatet med värmeväxlare och expansionskärl. Hans ingenjörsintresse växtes till liv.

En vecka senare, en fredagsförmiddag, den näst sista dagen i augusti, satt de på mäklarens kontor med säljarna, ett par i fyrtioårsåldern. Rummet som de visades in till låg längst in i lokalen och dämpade den försiktiga förväntan som Gunnar och Marita hade. Det fanns inga fönster och ett stort ovalt vitt bord var placerat mitt i rummet. Det var tomt på bordet, förutom en rund behållare med ett stort antal pennor med firmans logga på och en korg full med godis med färgglatt papper runt.

De fyra, köpare och säljare, satte sig på varsin sida om bordet med kaffekoppar och pratade trevande, medan de väntade på att mäklaren skulle komma tillbaka efter administrationen av försäljningen. Till slut, efter en tid som kändes oändlig, med ett prat som kändes tvunget, kom mäklaren nöjd tillbaka med mängder av papper som skulle undertecknas. På varje sida skulle en signatur skrivas och alla parter skulle ha varsin uppsättning av köpebrevet. Mäklaren redovisade noggrant om lån som hade betalats ut, pengar som hade flyttats från köpare till säljare, om lagfartsansökan och om att fastighetsskatten hade fördelats korrekt för rätt tid som ägandet var. Det var en befrielse att komma ut från kontoret och alla tröttsamma påskrifter.

Gunnar och Marita for direkt med en fullpackad bil mot färjan och färden till det nya huset på Hälsö. Nu i bilen kunde den återhållna glädjen äntligen släppas lös. Gunnar sjöng och Marita hängde på för fulla muggar.

"Första lasset in", sa Gunnar belåtet, när de tog varsin väska och långsamt gick grusgången fram till huset.

Gången kantades med blommor, flertalet var utblommade från våren och sommaren. Det som fanns blommande kvar var flox, men det fanns också en annan växt som såg mer köttig ut med rosaröda små blommor.

"Vad är det där för en växt som blommar sent?" undrade Gunnar.

Marita stannade till, hon visste direkt.

"Det är kärleksört. Den är inte så fin på sommaren, då är den bara grön och ser knubbig ut, men till hösten, då blommar den vackert. Den passar bra här på öarna där det inte regnar så mycket, den kan spara på vatten. Den är nyttig också, man kan äta den och även använda den för att läka sår. Jag har inte haft den själv i Askim, men vi hade den vid sommarstugan när jag var liten och mamma berättade om den för mig."

"Varför heter den kärleksört?" undrade Gunnar nyfiket, "blir man ... pilsk?"

Marita skrattade och daskade till honom på armen.

"Tja, det vet jag inte, men jag vet annat", sa Marita, "Man trodde förr att blomman kunde användas för att spå i kärlek. För att se om ett par passade ihop skulle man hänga två grenar av växten uppe i taket. Om blommorna vände sig mot varandra skulle paret få fin kärlek tillsammans. Men det behöver väl inte vi prova?" Marita gav honom en kram.

Gunnar log sitt bredaste leende.

"Allt är så perfekt nu med vårt nya gemensamma hus. Jag som inte trodde att det skulle bli något mer hus efter att ha flyttat till lägenhet. Det mest fantastiska är ändå att jag träffade dig ... och jag lever igen."

Gunnar sa inget mer, men tanken kom direkt, han visste att Marita tänkte samma, såg det på hennes blick. Det öppna såret med hans barn.

"Och jag har planer", sa Gunnar för att vända samtalet. Han plirade med ögonen.

"Planer?" upprepade Marita förvånat.

"Ja, vi kanske skulle ha en snipa, för att kunna åka ut, fiska eller bada, ingen segelbåt mer. Vi kan väl se om ett tag."

Vädret hade under den sista veckan i augusti gått från värme till svalare, vilket var bra för deras flyttplaner. Samma fredag men på eftermiddagen vid ettiden skulle flyttfirman komma till Hälsö med det som fanns i Gunnars hyrda förråd, men också ta de största och tyngsta möblerna i Maritas radhus. En del möbler som inte platsade i det nya hemmet hade de skänkt till Reningsborg i Göteborg. Nästa dag skulle de få hjälp av Maritas pojkar för att flytta resten från radhuset i Askim till deras skärgårdshus.

Gunnar hängde upp de kläder han hade haft med sig i väskan. Tankarna kom åter till att det hela tiden var Maritas barn som fanns runt dem. Hennes pojkar som var flytthjälpen, på kalasen var det hennes familj, hennes barnbarn som kom på besök och sov över ibland, Håkans katt som de passade. De var alla fina och trevliga, inte tu tal om annat, men han kände sig ensam i all deras vänlighet och omtanke. De tyckte synd om honom, han blev rörd men också besvärad av att vara en som man behövde tycka synd om.

Ibland kom tankeexperimentet, att de träffades, hans barn och Maritas, hur skulle det gå? Skulle Lena dominera? Bosses Marie, med den svadan hon hade, skulle nog inte Lena kunna få stopp på. Bosse skulle nog tycka om hans Johan, det skulle nog Håkan också göra. Håkan skulle nog vara den som tog minst plats. Det slog honom direkt att Håkan och han nog var ganska lika till sättet. Lugna, snälla, inga häftiga diskussioner, mer tanke bakom än direkt handling.

Gunnar suckade när han hängde den sista skjortan i garderoben, skulle det kunna bli ett möte mellan barnen?

KAPITEL 32

Det var i slutet av november, solen lyste envist med sin frånvaro, det var disigt och dimmigt på Hälsö. De hade kommit bra i ordning och fått en vardag på skärgårdsön. Marita var i det rustika köket som hon älskade, ek i gyllenbruna toner med ett färgskimmer och tydliga ådringar. I Askim hade hon haft ett vitt själlöst kök som var ganska slitet. Hon satt vid köksön och skrev mejl till en väninna, men hade fastnat i tankarna, med blicken ut över Hälsö hamn. Några enstaka båtar låg i hamnen, men flertalet var upplagda på hamnplanen bredvid. Björkö som låg på andra sidan havet var svår att se tydligt i dimmorna men konturen kunde anas.

Då ringde Gunnars mobil från vardagsrummet. Hon gick snabbt dit, tog med sig hans mobil, öppnade altandörren och ropade. Gunnar stod i snickarbyxor och en sliten arbetsjacka, men avbröt arbetet med förrådet och lade ifrån sig borrmaskinen. Han ångrade att han inte hade tagit med sig mobilen, även om det inte var så många som ringde nuförtiden. Med raska steg tog han sig till Marita som stod i dörröppningen med mobilen, lämnade över den till Gunnar och gick tillbaka till köket.

"Det är Gunnar."

Han kände inte igen numret på displayen, oftast var det säljare av något slag som ringde.

"Hej, det är Johan."

Gunnar flämtade till, världen stannade upp en kort stund. Hade något hänt med barnbarnen? Sanna? Med Johan själv? Johan harklade sig och tog sats.

"Min kollega, Rickard, han ... har en son som läser på gymnasiet, natur. Sonen har problem med fysiken. Du är civilingenjör, har läst fysik ... vet jag. Jag undrar om du kan hjälpa hans son. Han är min närmsta kollega, en bra kille. Jag vet ingen annan som kan fysik ... det är bara några frågor, har du möjlighet?"

Gunnar kämpade med gråten. Johan ringer – till slut – inget allvarligt har hänt, tack och lov, men han ringer inte för att prata med sin pappa, utan för att hjälpa en kollega. Spontant ville han slänga på luren. Besvikelsen kändes som ett yxhugg i bröstet. Det tog tid innan han svarade.

"Kanske", svarade Gunnar torrt och tittade på förrådet som han höll på med att reparera. "I rimlig omfattning."

"Det var ..."

Johan avbröts.

"Hade du tänkt att jag ska ta mig till din kollegas pojke?" sa Gunnar sarkastiskt. Inte skulle väl han behöva ta sig dit?

"Nej, nej, det ska du inte behöva förstås – jag kan kolla med min kollega om ni kan köra digitalt. Kan du?"

"Ja."

Gunnar sa inte att han hade lärt sig digitala samtal av Marita som pratade med sina barnbarn via videosamtal.

"Jag återkommer så snart jag har pratat med Rickard. Tack, det var bra. Hej."

Det var bra, hade Johan sagt. Varför skulle han, Gunnar, ställa upp för att hjälpa hans kollegas korkade son?

Marita kom ut från köket med bekymrad min, precis när han hade slutat prata. Såg Gunnars mörka ögon ännu mörkare, det krampaktiga greppet om mobilen. Gunnar stoppade mobilen hårt i snickarbyxan. Svor som han aldrig brukade göra, saliven flög ur munnen.

"Vad är det som har hänt, vad är det du ska göra? Vem ringde?" frågade Marita oroligt, beredd på det värsta.

Gunnar berättade med tillbakahållen ilska om samtalet och det som Johan frågade om.

"Det var magstarkt", spottade han ur sig.

Marita såg med förvåning på Gunnar, så arg hade hon aldrig sett honom tidigare.

"Otroligt att inte Johan frågade mig om hur jag mådde, bara krävde hjälp till en kollegas son, en kollega som jag inte vet vem det är. Efter så lång tid – ett år utan någon kontakt. Ska jag ringa upp Johan och be honom dra åt helvete?"

"Men Gunnar ... förstår du inte", sa Marita, och tittade intensivt på honom.

Gunnar stirrade på henne, pannan rynkad. Marita fortsatte mjukt med huvudet på sned.

"Jag tror att han vill ha kontakt, men vet kanske inte hur han ska börja. Det kan vara något bra ändå. Vänta och se hur det utvecklar sig. Kanske är detta en vändning."

Gunnar blev tyst. Tänkte och tog in det Marita sa. Hur fick hon till detta? Tänkte igen. Marita gick till barskåpet, hällde upp varsin whisky och gav ett glas till Gunnar som tacksamt tog emot. Han smekte henne på kinden som tack. Han lät whiskyn vara en kort stund i munnen, tungan fick smaka på den. Andades med öppen mun, drog in luften för att bättre få med sig de aromatiska ämnena och svalde sedan. Strax efter lugnade sig de upprörda känslorna.

"Det är klart att vi inte ska ropa hej förrän vi är över bäcken", sa Marita, "men å andra sidan, tycker jag inte att vi ska tro det värsta, avvakta så får du se. Men var inte arg nästa gång han ringer, du som inte brukar vara arg ska väl inte börja i detta skede."

"Du kloka människa", muttrade Gunnar med en svag antydan till leende, smuttade på whiskyn, blundade och njöt, tog ytterligare två klunkar. Marita log stilla.

Två dagar senare var Gunnar och Marita i livsmedelsaffären på Öckerö, den större ön söder om Hälsö. De dividerade om vilken typ av ekologiskt kött som skulle inhandlas, då ringde mobilen. Gunnar såg att det var samma nummer som för två dagar sedan och tryckte bort. Inte ville han ta detta i affären, med folk omkring sig, det fick bli hemma i arbetsrummet, själv i lugn och ro. En timme senare, hemma, ringde han tillbaka det igenkända mobilnumret.

"Hej, det är pappa. Jag såg att du hade ringt, men jag var i affären och kunde inte svara." Gunnar höll tonen kort, ville se hur samtalet utvecklade sig.

"Jag förstår. Inga problem. Det gäller en gång bara, högst två. Kan pojken kontakta dig i morgon kväll? Vid åttatiden, funkar det? Min kollega är mycket tacksam och vill betala för det."

"Är det bara en gång, högst två behöver han inte betala. Klockan åtta blir bra, det är efter nyheterna."

"Tack pappa, det var snällt ... ehh ... har du flyttat?"

Klart att Johan visste att han hade flyttat, hade väl sett det på nätet.

"Ja, vi har flyttat till Hälsö, precis norr om Öckerö, vi har köpt hus. Vi har bott där i tre månader."

"Jo, jag vet var Hälsö är, Torslanda är ju nära öarna. På sommaren händer det ibland att vi tar oss till Hönö för att bada, det är fint vatten där, särskilt på västra sidan. Men då har du inte kvar lägenheten?"

"Det stämmer. Den har jag sålt, Marita har också sålt – sitt hus i Askim."

Gunnar sa *hus*, fast det var ett radhus som Marita hade haft. Han kom ihåg vad barnen hade sagt – eller var det Lena? – om att Marita, *den där kvinnan*, skulle vara ute efter hans pengar. Johan kunde gått tro att Marita hade ett dyrt hus i Askim, de välbeställdas område. Gunnar funderade, skulle han våga föreslå något, om att träffas eller var det för tidigt? Vågade han riskera ett nej?

"Hur är det med Sanna och barnen?"

"Bara bra med alla. Linnea går i förskoleklass, hon är lugnare nu, men Gustav har blivit vildare, han har svårt att sitta still. Det är bra med Sanna. Ehh ... jag kan återkomma efter lektionen med Rickards pojk."

"Gör du det", sa Gunnar neutralt.

Efteråt satt Gunnar kvar i arbetsrummet. Analyserade samtalet i minsta detalj, tonfallet, tonstyrkan på orden. Detta var kanske ett trevande försök från Johan, eftersom han sa att han skulle återkomma. Det gick inte att undvika den bittra känslan för hur Johan hade betett sig under en lång tid.

Gunnar sökte upp Marita, behövde resonera om samtalet. Marita satt med tidningen i vardagsrummet, hon märkte inte att han kom, det tog ett tag. Gunnar såg att det var den dagliga julnovellen i tidningen som hon hade fastnat med under djup koncentration. Hon sänkte ner tidningen, såg hans bryderi. Gunnar redogjorde kort för samtalet.

"Och ingen ursäkt har jag fått, är det acceptabelt? Jag kan inte låta bli att känna mig förbannad. Tror han att det bara är att fortsätta som om ingenting har hänt?"

"Jag tror inte att du får en ursäkt, förvänta dig inte det. Hur många säger förlåt i världshistorien?" Marita log snett. "Vill du ha tillbaka kontakten med din pojk, kanske du får vara avvaktande med frågor om det som har varit. Försök få i gång en kontakt bara."

Gunnar muttrade irriterat: "Vuxna människor som beter sig."

"Ja ja, jag håller med", sa Marita lugnt, "men i detta läge tror jag att du får lägga band på dig."

Marita tänkte att det inte borde vara svårt. Gunnar brukade sällan hetsa upp sig eller bli irriterad, han var den lugna och sansade. Hon förstod hans sårade känslor, men också hur gärna han önskade sina barn tillbaka. Ibland måste man välja och svälja förtreten. Nu ville hon hjälpa honom att välja rätt, för det han innerst önskade. Ändå fanns den svaga oron över att hon hade tolkat Johans agerande fel, och att det skulle leda till att Gunnar blev grymt besviken. Det skulle bli tungt att ha på sitt samvete.

KAPITEL 33

Han svängde in med bilen på parkeringen, såg den upplysta restaurangen som lyste inbjudande i decembermörkret och tänkte – där skulle de träffas – över en bit mat. Kvällen hade en behaglig kyla, några minusgrader, men ingen vind. Mörkret som normalt lade sig som en tyngande filt på eftermiddagen och kvällen, lättades upp av fullmånen och de tusentals stjärnor som fanns på himlavalvet.

Han gick med medvetet långsamma steg, tio minuter för tidig som vanligt, mot entrén till restaurangen. Väl där stannade han till, tog ett djupt andetag och gick in. Svepte med blicken runt och såg Johan sitta längst in, vid ett bord. Restaurangen var glest frekventerad, några enstaka par eller vänner satt utspridda, inte som i stan där det alltid fanns gäster vid alla bord, vilken tid det än var. På väg mot Johan tog han av sig kepsen, halsduken och drog ner dragkedjan på vinterjackan. Johan reste sig upp, stod tvekande några sekunder. Gunnar tog initiativet, med ögon blanka, steget fram till Johan och gav honom en hastig kram. De satte sig, tittade förstulet på varandra, försiktigt värderande av gester och blickar.

"Har du beställt?" frågade Gunnar neutralt och tog menyn som satt i ett ställ på bordet.

"Nej, jag har väntat på dig. Jag är hungrig. Jag har inte ätit sedan halv tolv, det ska bli gott."

"Ja, men då beställer vi, du har arbetat idag också", sa Gunnar.

De studerade menyn och var klara när servitören kom och tog upp beställningen.

Gunnar noterade i smyg att Johan såg ut som vanligt, även om det var ett år sedan de sågs senast. Hur såg han ut i Johans ögon?

"Jag är glad att träffa dig. Jag har saknat dig", sa Gunnar trevande. När han sa de avslöjande orden, väcktes känslorna igen, han försökte stålsätta sig, men det gick inte, tårarna droppade nerför ansiktet.

Johan böjde ner huvudet, tog händerna för ansiktet, försökte dölja att han grät. Satt så. Gunnar räckte honom en av sina många pappersnäsdukar. Insåg att det låg en servett redan i bordsdukningen. Johan tog pappret och snöt sig ljudligt, torkade ögonen med handryggen och tittade mot Gunnar, log svagt.

"Jag är lika blödig som du, pappa … Jag har saknat dig med. Det har inte varit lätt … med allt som hänt. Med mamma och det. Det har tagit tid."

"Ja, så är det", sa Gunnar. "Det har inte varit lätt för någon av oss, men … kan vi lämna det bakom oss?"

Johan nickade kort. Marita och Gunnar hade haft långa diskussioner om Johan, eftersom han verkade vilja ha en kontakt med sin pappa. Marita menade att Gunnar inte skulle älta det som hade varit. Inte leta skyldiga. Försöka se framåt i stället för bakåt. Risken var annars att Johan hamnade i försvarsställning, att det tog emot att träffas och det värsta av allt, att det inte blev någon mer träff. Gunnar insåg att det nog var bra att följa det Marita föreslog. Tids nog, när såren var läkta, kunde han komma tillbaka till året när allt hände.

Maten kom på bordet och varsin alkoholfri öl. Nu flöt samtalet lugnt och stilla som en båt som vaggas av de lätta vågorna. Om barnbarnen, Sanna, Gunnars nya tillvaro på Hälsö och om Marita.

Efter kaffet frågade Gunnar: "Hur blir det i jul? Var firar ni jul, jag menar julafton?"

"Det blir som vanligt … hos Lena och Hans", sa Johan och slog ner blicken.

"Vet … Lena om att du och jag har pratats vid på telefon? Att vi träffas idag?"

"Hon vet att jag har pratat med dig på telefon, men inte att vi träffas idag."

"Hur tog hon det att du har ringt mig?" undrade Gunnar.

"Hon blev sur – irriterad", sa Johan och skruvade på sig, blicken fästad långt bort i restaurangen.

Det blev tyst. Gunnar funderade. "Det ante mig", blev hans korta svar. Efter en stund: "Det får väl vara så – inget att göra."

Johan nickade och tittade på Gunnar igen, forskande.

"Hon är envis, min tös", sa Gunnar och tänkte att det inte var lätt för Johan. Men denna gång gick han ifrån att följa sin storasyster. Gjorde det som var rätt för honom. Var självständig, inte lillebror. Kanske hade Sanna sitt finger med i spelet. Tyckte kanske att barnen skulle ha en farfar också, inte bara mormor och morfar, att det var viktigt för barnen, innan de helt hade glömt honom, de var ju små. En dag skulle han nog få reda på hur det var.

"Jag ... har en fråga", sa Gunnar. "Om julen – igen – undrar om ... du och familjen vill komma till oss på trettondagen på middag. Och se huset, det är fint på Hälsö, riktigt vackert. Vi kan ta en promenad, det finns en trevlig lagom promenadslinga där man ser havet och Björkö på andra sidan."

"Det skulle vara roligt. Men jag måste höra med Sanna, det är hon som bokar och har kalendern. Jag tror inte att det är några problem. Barnen kommer bli glada."

De skildes åt i månskenet, på samma parkering men med bilarna i varsin ände. Johan tog denna gång initiativ och gav sin pappa en hård kram, tryckte till lite extra som för att bekräfta att nu var de på banan igen. På vägen hem i bilen kom tårarna för Gunnar tillbaka, men denna gång av glädje. Det han förmodade var att Johan också satt med tårar efter kinderna. Hans pojk.

KAPITEL 34

Marita lade ifrån sig romanen, skriven av den senaste pristagaren till Deutscher Buchpreis. Hon satt i läsfåtöljen med fötterna bekvämt på fotpallen. På sidobordet bredvid stod kaffekoppen med en skvätt kallt kaffe i botten. Varje år följde hon de nomineringar som föreslogs till Tyska bokpriset och vem som blev den slutgiltiga pristagaren. Hon beställde de utvalda böckerna – på tyska förstås, dessutom fanns inte all den tyska litteratur som hon var intresserad av översatt.

Hon lyfte blicken, såg ut genom vardagsrumsfönstret på de grå molnen, smattret hördes mot plåttaket, regnet var ihållande sedan den tidiga morgonen. Inte roligt för Gunnar att vara ute i denna trista februaridag. Hur många dagar till skulle det fortsätta regna, tänkte hon och slängde en blick på klockan, snart var det dags, men lite till hann hon nog läsa. Det spratt till i Marita när tanken på Gunnar fyllde hennes inre. Att få känna kärlek, glädje och livslust, det var en ynnest. Att tillsammans planera resor, teatrar och andra aktiviteter, allt var möjligt. De hade tiden och den ekonomiska möjligheten. Året 2020 som låg framför dem, deras första år i ett gemensamt boende, kändes som ett tomt blad att fylla, bara fantasin satte begränsningar. Det skulle bli fantastiskt.

I slutet av januari hade de bokat resan men också beställt den nya bilen som skulle finnas att hämta på bilfirman i slutet av maj. I juli skulle det bli av, deras första långresa i Europa i tre veckor. Huvuddelen av resan skulle de befinna sig i Tyskland, i Moseldalen. För Marita var dessa trakter gamla, kära minnen. Som ung, blivande svenska- och tyskalärare, hade Marita studerat tyska en termin i

Heidelberg. På fritiden hade hon och studiekompisar passat på att se sig om, de hade hyrt bil och tagit sig till Moseldalen. Där hade de cyklat efter den vindlande, vackra Moselfloden, häpnat inför de branta bergen med vinodlingar och bott på pittoreska vingårdar. Vinodlarna hade stolt tagit med sig de unga kvinnliga utländska besökarna ner i fuktiga mörka källare, fulla med vitvinstunnor. De hade fått provsmaka vita viner och lärt sig om kvalitetsnivåer.

Åren efter Tysklandsstudierna var det självklart för Marita, när det var fråga om ett vitt vin, att välja ett utsökt rieslingvin och med rätt kvalitet, Qualitätswein mit Prädikat eller ännu hellre, kabinettsvin.

Gunnar hade blivit eld och lågor när hon beskrev minnena från Moseldalen. Medeltida byar och borgar, kullerstensbelagda små torg, korsvirkeshus, vinrankor längs stenfasader samt de vackra bergen som omger floden Mosel, där vinodlingar växte i de mest otänkbara lutningar. Och så blev deras plan, att med den nya bilen ta sig till Tyskland, bo på vingårdar, cykla efter Mosel och vandra mellan byarna samt besöka de gamla städerna, varav en av dem hade grundats strax för år noll. Nu kunde de kombinera Gunnars historie-intresse och Maritas språkintresse.

Marita tittade åter på klockan, nu borde Gunnar vara på färjan, han hade ringt förut och meddelat att Johan med familj var tryggt återlämnade i radhuset i Torslanda. De hade rest för första gången med barnen till de italienska alperna. Nu när de var lite äldre, tyckte föräldrarna att de kunde ta en längre tur bort i stället för den årliga resan till Sälen. Gunnar hade skjutsat familjen till Landvetter och hämtat dem en vecka senare. Johan hade sagt att de kunde ta bilen själva, men Gunnar propsade på att han ville skjutsa dem. Att stå en vecka var dyrt och han hjälpte gärna till. Han sa inte att det framför allt var för att han ville känna sig behövd och uppskattad. Att åter uppleva känslan att få vara en del av Johan och hans familj.

Marita satte på potatisen på spisplattan och ställde in kolja-gratängen, grön på ytan av dill, i ugnen. Radion var på, nyheterna handlade om den nya smittan i Kina, ett coronavirus. På nyheterna på kvällen innan hade bilder visats där kinesisk sjukvårdspersonal hade heltäckande skyddsutrustning, filmer fanns där folk blev tagna på kinesiska gator av skyddsklädd personal, allt detta såg skrämmande ut. Marita mindes svininfluensan från 2009 och där det blev massvaccinering av barn och vuxna. Skulle det bli samma denna gång, kräva vaccinering och bli samma hysteri att alla borde vaccinera sig? Folkhälsomyndigheten hade sagt dagen innan på tv, att i Sverige fanns ingen spridning av det nya coronaviruset som hade upptäckts i Kina. De bedömde risken att det skulle börja spridas som mycket låg. Det kändes tryggt, tänkte Marita, att befinna sig på andra sidan jordklotet.

Ytterdörren öppnades och smällde strax igen, en vindpust av kall vind strömmande in till Marita i det varma köket. Gunnar hojtade glatt, strax efter stod han i dörrposten, brett leende och höll upp flaskan med whisky i luften. Håret stod rakt upp, han såg ut som ett yrväder, dags att klippa sig, tänkte Marita och var på väg att kommentera det, när Gunnar avbröt.

"Titta vad jag fick av Johan – för skjutsandet. Jag sa att det behövde de verkligen inte ge, men Johan insisterade. En japansk whisky, inhandlad från luften – spännande."

Gunnar, som han var nu och som den han hade varit när hon först lärde känna honom, var hans verkliga jag. Ingen mer dämpad Gunnar, ingen ångest mer, inga sömnlösa nätter. Inte så att han hade förträngt Lena och hennes familj, men han hade sagt att Lena nog skulle komma tillbaka men behövde mer tid än Johan. Nu gladdes han åt allt med Johan och hans familj. Nästa steg de diskuterade var att Maritas söner med familj skulle få träffa Johan och hans familj. Gunnar ville avvakta med att bestämma datum och Marita sa att det inte var bråttom. Hon förstod direkt att han hade en förhoppning om att Lena med familj skulle vara med då.

"Johan vet vad du gillar", svarade Marita och tittade på glasflaskan som såg ut som en medicinflaska från förr i tiden. "Men det är nog dags att du tar dig till frisören. Även om vi bor på en ö, kan man hitta frisörer här."

Gunnar ställde flaskan på diskbänken och kramade om henne bakifrån, där hon stod vid bänken och skar tomater till salladen.

"Det är möjligt, men jag vill klippa mig i stan, hos samma frisör som jag haft i tjugo år, han kan mitt hår."

Marita skrattade glatt och sa: "Du ... ditt hår är inte rocket science, det kan nog vilken frisör som helst klara."

Två veckor senare var Gunnar och Marita i stan. Gunnar hade precis klippt sig hos sin favoritfrisör. Marita hade väntat på honom, suttit i en av de två nedsuttna mörkbruna läderfåtöljerna, läst en dagstidning och tittat hur klippningen växte fram och de gråa hårtestarna föll på golvet. Frisören hade en frisörstol, var alltså ensam. Han hade haft sin frisering under fyrtio år. Det var tydligt att det inte enbart var för frisörens skicklighet som Gunnar envisades med att gå dit. Frisören och Gunnar verkade ha det trivsamt, skämt och allvar i en skön blandning, ingen tvekan om att det var en gammal bekantskap av två likasinnade.

Efter klippningen promenerade de på Östra Hamngatan, vid Kungsportsplatsen vek de av mot Saluhallen. Saluhallen var det ställe som Gunnar och Marita saknade från boendet i stan. I en av småbutikerna därinne köpte de stora gröna oliver och pesto med en läckert ljusgrön färg som avslöjade att det fanns ett riktigt hantverk bakom. I ostdisken blev det Gunnars favoritost, pecorino, men efter provsmakning en mer krämig variant av den. Slutligen taleggio och en vällagrad cheddar. De stoppade ner ostarna i Gunnars ryggsäck, då hörde Marita, trots den höga ljudnivån i saluhallen, de svaga signalerna.

"Gunnar, det är din telefon!"

Gunnar letade i sina innerfickor och fick fram mobilen. Efter att han sagt sitt namn blev han tyst. Marita vände sig bort och granskade köttdisken bredvid, ville inte lyssna, men vände sig tillbaka mot Gunnar, när hon hörde hans ansträngda röst. Han sa ett "nej" och därefter "så tråkigt" och en stund senare avslutade med "jag ringer dig när jag kommer hem, vi står i Saluhallen och det är svårt att prata här". Gunnars ögon var stora, ögonbrynen upplyfta, pannan rynkad. Han tittade oroligt på Marita och sa:

"Det var Sanna ... Johan är sjuk, allvarligt sjuk. Han var förkyld för drygt en vecka sen, men blev bra på några dagar. För två dagar sedan kom det tillbaka, men värre. Han har fyrtio graders feber, ont i halsen och svårt att andas."

"Det där låter som ..."

"Ja, det trodde Sanna också. De skulle försöka komma till läkare."

"Men då ska du inte besöka honom!" sa Marita i en kanske för hård ton.

"Jag *vet*, det förstår jag, Marita", sa Gunnar med eftertryck, "det sa Sanna också. Hon sa även att det fanns en risk att vi var smittade, men hon hoppades inte på det."

"Men hur? Vi?" sa Marita spontant och kom på i samma andetag. "Du skjutsade ju hem dem från Landvetter när de kom från Italien. Men då borde vi ha fått det strax efter i så fall? Det kan ju inte stämma."

"Jag har glömt säga en sak. Johan ringde mig för fem dagar sedan, det var när du var med Sylvia på teater. Han vet att jag har en elektrisk häcksax. Han skulle ta ner oxelhäcken som man ska göra på vårvintern och hans häcksax hade lagt av. Det är sällan de används och han ville låna. Det var inte bråttom, sa han och tänkte hämta den när det passade oss. Men jag åkte över samma kväll, du var ju ändå borta, jag tänkte att det var lika bra. Kul att träffa barnbarnen."

Marita suckade djupt, och suckade ytterligare en gång.

"Ja, vad kan man göra. Vi får vänta och se, hoppas på det bästa. Men hur är det med barnen? Känner Sanna sig frisk?"

"Inget har hänt med barnen och Sanna är frisk – än så länge. Kraftig huvudvärk några dagar efter att de kom hem från Italien, det är allt, men det behöver inte vara corona."

"Nej, det behöver det inte vara. Jag undrar varför Johan har fått det och inte de andra? Det kan förstås vara en vinterinfluensa."

De sa inget mer om Johan, men oroliga tankar fanns hos dem. Gunnars tankar var om Johan. Maritas tankar var om Gunnar och henne, inget borde få hända som förstörde deras liv tillsammans.

KAPITEL 35

Inget är bestående, allt kan förändras plötsligt, tänkte Marita vemodigt, det som kändes tryggt, säkert och givet blev i stället skört och ovisst. Så snabbt en vändning kan ske, från sprittande förhoppningar, glädje och framtidsplaner till oro, rädsla och känslan av att förlora allt. Marita vred sina händer, frös fast det var varmt i huset och med pläden runt sig. Hon borde ta sig till köket för att koka te men orkade inte resa sig från soffan. Johan hade blivit bra efter att ha vårdats hemma men var fortsatt trött och hade tappat lukt- och smaksinnet. Gunnar däremot hamnade på sjukhus, med hög feber och kraftiga andningsproblem, där hade han legat i tre dagar. Varför skulle han vara snäll och hjälpa Johan med häcksaxen? Varför väntade han inte när det inte var bråttom? Gunnars ängslan och önskan att vara till lags hade gett honom nådastöten. Det gick inte att hindra den förlamande rädslan; att förlora honom, han som hon älskade så otroligt mycket. Hon frös ännu mer, ögonlocken hettade, kinderna blossade ilsket röda och det värkte i halsen som ett öppet sår.

Gunnar satt på knä vid graven. Hans blick vilade på den ojämnt formade gravstenen i röd granit och läste inskriptionen. Några tårar droppade, kanske var alla droppar slut efter det som hade hänt. Junidagen var varm, men de gamla stora lindarna och almarna på Stampens kyrkogård gav en välbehövlig svalka, de var som ett tak över alla gravarna. Han tittade på klockan, insåg att det var dags och reste sig långsamt upp, båda knäna var stela. Tog ett sista, tyst farväl och promenerade på grusgången långsamt fram. Andningen var tung, av saknaden, men också av sviterna efter covid-19.

Han kom till en av de tre portarna som omgav kyrkogården och ställde sig vid porten. Efter ett tag fick han andningen under kontroll. Han stod under den kända texten, "Tänk på döden". Tänkte på att livet ibland hänger som en skör tråd, men att kärleken är det starka och centrala i livet. Det spratt till i hans hjärta, han log, hon kom på långt håll. Det hände varje gång när hon på avstånd närmade sig honom. Så vacker och speciell. Marita ställde sig framför honom, med forskande blick läste hon av hans sinnesstämning, lyfte handen, smekte honom på den fuktiga kinden och suckade beklagande. Det var andra gången som de var på Stampens kyrkogård. Förra gången var urnsättningen, idag var det Gunnars eget stillsamma farväl, utan alla människor, kända som okända, som då hade flockats kring graven.

De promenerade i tysthet bort till Ullevi och tog trapporna ner till garaget under, där den nya bilen väntade på dem. Bilen som de skulle ha invigt med den välplanerade långresan till Tyskland, men resan blev inställd på grund av pandemin. Det var trist, men de var friska i alla fall, även om Gunnar fortfarande hade besvär med andningen, var trött och bara kunde promenera långsamt.

När de hade kommit ut ur Tingstadstunneln till Hisingssidan och var på väg mot öarna, frågade hon honom: "Hur är det med Bengts sambo?"

"Så där. Hon har fått tabletter av läkaren för att kunna sova. Jag saknar Bengt så mycket, han var min bästa vän och min gamla kollega. Varför han? Jag förstår inte, han var inte tjock, han hade inga sjukdomar, han var full av liv, mer än någon annan av oss killar."

Gunnars grepp om ratten hårdnade. Marita tänkte att hon borde ha kört, men det där med att köra ut ur det trånga Ullevigaraget, med en ny bil, hade inte känts så lockande.

"Det är som rysk roulette, vem vet ... och när?" sa Marita och vände blicken mot det höga Ramberget som tornade upp sig på höger sida. "Har du varit på Ramberget någon gång?"

"En gång för länge, länge sedan. Jag var ung pojke. Jag har alltid bott på fastlandssidan, sett Ramberget från lägenheten på Guldheden. Hisingen har varit som ett ställe jag inte har tagit mig till."

"Då tycker jag att vi tar oss tid till det i sommar, nu när vi inte kommer i väg på resan. Vi får turista hemma. Man kan köra bilen högst upp och det måste vi väl göra när du har andningsproblemen. Annars kan man ställa bilen längst ner och promenera upp till bergstoppen genom Keillers park. Det är en anlagd park, men där finns också naturlig vegetation. Från Ramberget kan man se milsvida runt och ut till Vinga om vädret är klart. Vet du varför det heter Ramberget?"

Gunnar skakade på huvudet. "Nu låter du som en lärare, vet du det?" påpekade han roat. "Jag borde kanske veta, som är historiskt intresserad. Men som sagt, Hisingen är inte mitt gebit."

"Ram kommer från den gamla svenskan och betyder korp. Förr fanns det mycket korpar på Ramberget. Förresten, vi kan kanske ta med våra barnbarn, Johans eller Bosses, om vi vågar, de får inte ramla ner från berget, det finns ju stup där. Men de skulle nog tycka att det är spännande med Ramberget."

Gunnar nickade bekräftande, tänkte på de andra två barnbarnen och Lena som fortfarande inte hade hörts av. Två långa år hade passerat. Hoppet som han hade haft sedan Johan tog steget i oktober hade minskats och ersatts av en växande tagg i bröstet. Han höll tyst om sin saknad av Lena. Det fanns inget att göra mer än att vänta och vänta. Ibland hände det att ångesten kom som en blixt och kramade till hans bröst, men det gick över. Hur länge skulle hon straffa honom? Eller var det som Marita en gång hade sagt eftertänksamt. Om att Lena kanske hade svårt att ta kontakt igen på grund av att hon skämdes. Insåg att hon hade haft fel, agerat med känslan och i affekt. Skämdes kanske för vad Marita skulle tänka om henne.

Strax efter att de hade kört ombord på färjan, gick de som vanligt fram till fören. Kände den varma, saltmättade havsluften strömma emot dem under överfärden till Hönö. Gunnar höll armen runt hennes axlar. De stod vända med ansiktena mot den värmande solen.

Bullret från motorerna gjorde samtal svårt, men det behövdes inte under den snabba överfarten. Motorerna saktade ner och de tog sig tillbaka till bilen, som stod parkerad i andra raden, i mitten av färjan. De erfarna färjeresenärerna parkerade bilarna med minsta marginal till nästa bil, vilket ledde till att de fick kryssa mellan ett flertal bilar. Turisterna stod gärna en meter eller mer till nästa bil, där kom de lätt emellan. När det var köer till att komma med på färjan, hände det ofta att befälhavaren ropade i megafon om att bilarna skulle ställa sig närmare varandra.

Marita gick före Gunnar på grusgången till huset och njöt av de prunkande blomrabatterna på vardera sida. Det var bara kärleksörten som var grön och såg anspråkslös ut. Till hösten när sommarblommorna inte längre ville visa sina färger och vissnade – då skulle den få sin revansch och stiga fram. Kärleksörten skulle förgylla hösten med de rosaröda små blommorna och visa sin livskraft och härdighet. Så var det också för deras liv, på äldre dagar fick de uppleva en stor kärlek som var stark och härdig. Marita öppnade entrédörren med ett leende, i köket satte hon på kaffebryggaren och lyssnade efter Gunnars steg.

Gunnar tog omvägen till brevlådan, det var en ansenlig hög som han lyfte ur, det mesta såg ut att vara reklamblad. I köket lade han hela högen på köksbordet och satte sig för att sortera ut tidningar för sig och reklambladen för sig. Kaffebryggaren hostade fram det sista vattnet som skulle rinna ner till glaskannan och tystnade. Marita tog fram smör, ost och kex och ställde på köksbordet. Då såg hon det.

"Gunnar ... ser du det rosa-lila kuvertet ... bakom tidningen, vem är det till?"

Gunnar drog ut kuvertet och läste, vred och vände på det, pannan rynkades.

"Det är till mig! Men ... jag vet inte om jag klarar av att läsa det. Kan vi öppna det tillsammans?"

Kaffet fick dröja. Marita satte sig bredvid Gunnar och drog stolen närmare. Han tog fram smörkniven i rostfritt stål och sprättade försiktigt upp kuvertet, drog ut ett rosa-lila tunt brevpapper, med rosor i alla hörnen. Brevet var handskrivet.

Hej morfar, jag hörde av mamma och pappa att du var sjuk i covid-19 och att du låg på sjukhuset. Jag ville besöka dig men pappa sa att det inte var lämpligt för smittor. Men pappa jobbar ju där och han berättade att han såg dig då och kunde kolla att allt var bra. Men du såg nog inte honom. Jag saknar dig men som du vet är mamma arg på dig, men inte pappa. Ingen vet att jag skriver till dig, inte Emma heller, jag tror inte hon skulle hålla tyst. Jag ska fortsätta tjata på mamma att hon ska träffa dig, för jag vill. Annars så kommer jag till dig, jag är ju 13 år. Jag måste inte berätta allt för mamma och pappa eller hur. Någon hemlis kan man väl få ha, jag är ju tonåring. Jag har ditt mobilnummer. Jag ringer nån dag när jag vet att jag är ensam. För du vill väl träffa mig? Jag har slutat i gymnastiken, min bästa vän slutade så det blev inte roligt mer. Mamma gillade det inte. Jag saknar dig morfar, varför inte jag ska få träffa dig förstår jag inte. Kram Sara.

Det var två som grät vid köksbordet. Marita reste sig upp, snörvlade och hämtade hushållspapper och kaffe som hon hällde upp i kopparna. Gunnars ansikte lyste, trots tårarna som sakta rann efter kinderna.

"Lilla Sara ... vill träffa mig. Hon tänker självständigt, bara tretton år. Hon är så duktig. Jag är stolt över henne."

"Jag är glad för din skull", sa Marita, log och klappade honom på handen. "Lenas dotter är nog klokare är sin mamma."

Gunnar läste brevet om och om igen. Marita tog sats:

"Gunnar! Det är en sak jag tänkt på. Vi vet inte hur det blir med Lena framöver. Hennes beteende ska inte få förstöra ditt liv – och inte vårt liv heller. Ditt liv är viktigt och att du mår bra – för din egen skull. Om du har negativa tankar kommer dessa påverka ditt liv på ett tråkigt sätt. Alla har ansvar för sina egna handlingar och att göra rätt. Att andra uppför sig dåligt – det kan du inte ta ansvar för ... eller behöva lida för. Nu har du ett barnbarn, Lenas flicka, som kommer att träffa dig ... och oss. Det ser jag fram emot."

Gunnar log. "Vi ska fortsatt ha ett bra liv, det lovar jag dig. Kom!"

Gunnar reste sig upp, tog Marita i handen och gick fram till köksfönstret. Han släppte handen och höll om Marita över axlarna. De såg ut över Hälsö och havet.

"Jag hade tänkt säga det senare – men det passar nu. Ska vi ta en tur?" sa Gunnar, hans ögon lyste.

Nere i hamnen låg den nyinköpta snipan och gungade i det glittrande blågröna havsvattnet. Det var en underbar dag för en tur över det kav, lugna havet.

SLUTORD

En autentisk kopia från en del av ett brev, från en pappa och morfar till sin vuxna dotter. Det finns tyvärr ett stort antal liknande öden.

"... nu har det snart gått 6 långa år utan dig och dina barn. Mina barnbarn var ju små när vi sågs senast så de kommer ju inte ihåg sin morfar längre förmodar jag. Det är en djup tragik det som pågår. Jag var tidigare medlem i föreningen "Saknade barnbarn". Där kom jag i kontakt med många människoöden liknande vårt. En massa lidande helt i onödan. Jag anser generellt att det är hemskt att man kan använda barnbarn som slagträ i konflikter. Sverige, "som vanligt", är ett av de få länder där det är tillåtet. De flesta länder, som följer FN:s barnkonvention, anser inte att detta är tillåtet ...

... jag saknar oerhört mycket att inte ha kontakt med dig och få följa dina barns och mina barnbarns utveckling i livet. Jag hoppas från mitt djupaste innersta att ni har det bra och att vi en dag kan träffas igen. Sköt om dig och barnen ..."

SLUT

Denna bok vill jag tillägna min kära man och livs-kamrat, Lennart Blid, för all den kärlek jag får från honom och för att han har gett mig inspiration till denna roman.